MANŒUVRE

TATOUEURS CHICAGO SUD

Chelle Bliss

MENOFINKED.COM

Tatoueurs Chicago Sud
MEN OF INKED®

Manœuvre
Confluence
Accro
Tumulte
Amour

Manœuvre de Chelle Bliss

Copyright @ Bliss Ink LLC

Copyright © Bliss Ink 2021
Correction par A. Hollett
Relecture par Rose & Deaton Author Services
Couverture © Chelle Bliss
Traduit de l'anglais par Audrey Smondack et Valentin Translation

CHAPITRE 1
DELILAH

— CASSE-TOI !

À l'angle de la rue, mon père freine brusquement pour se ranger sur le bas-côté.

Je l'observe garer la voiture, bouche bée. Son regard est glacial, complètement dépourvu d'émotion et sans une once d'amour.

— Papa, laisse-moi conduire.

Je ne bouge pas, même si je sais qu'il ne changera pas d'avis. Il n'en change jamais quand il est ivre. Je fixe le feu rouge devant nous, en tentant de stabiliser ma voix et de ne laisser échapper aucune trace de jugement, même si je n'en pense pas moins. Comment ose-t-il se débarrasser de nous comme ça ?

— Tu es saoul, c'est dangereux pour tout le monde.

— J'en peux plus de toi et de ton attitude moralisatrice. Démerde-toi toute seule, Delilah.

Je relève la tête d'un mouvement brusque, complètement abasourdie. J'ai l'habitude de ses incohérences et de ses crises de colère sous l'emprise de l'alcool, mais ce soir il est particulièrement cruel.

— Et Lulu ?

Lulu est sur la banquette arrière, indifférente à tout ce qu'il se passe, en train de dormir profondément, malgré la tirade de mon père. Il m'a mise à la porte plus d'une fois, du moins c'est ce qu'il dirait, mais j'avais toujours mes cartes de crédit et mon compte en banque pour me sauver la mise. Il ne m'a jamais entièrement coupé les vivres.

Sa dernière crise remonte à plus d'un an. Enfin, avant la naissance de Lulu. Je pensais à tort que sa naissance arrangerait les choses. Je croyais même qu'il arrêterait de boire pour elle, mais j'aurais dû me douter que c'était impossible : il n'a jamais réussi à rester sobre pour moi. L'attraction invisible de son addiction était plus forte que l'amour qu'il pouvait ressentir pour sa fille. Pourquoi en aurait-il été autrement pour sa petite-fille ?

— Laisse-la-moi, me lâche-t-il en s'affalant sur moi pour ouvrir ma portière. Mais toi, tu te tires.

Ses lèvres se retroussent en prononçant ce dernier mot, évocatrices de toute la folie que l'alcool a injectée dans ses veines, tandis qu'il se redresse dans le siège conducteur.

Mes yeux se remplissent de larmes, ma vision se trouble. Je déteste tellement cet aspect de sa personne. Quand mon père est sobre, il est adorable, mais quand il est ivre, il ferait pâlir le diable en personne. Il boit de plus en plus dernièrement, et le père que je connais –

mon père d'avant – refait de moins en moins souvent surface.

— Je ne la laisserai pas avec toi, lui rétorqué-je en secouant la tête.

Même si je dois me mettre à voler pour m'en sortir, je ne laisserai jamais ma fille subir mon alcoolique de père sans être là pour la protéger.

Il s'appuie contre la portière derrière lui, en tenant le volant d'une main et en serrant son poing sur sa jambe avec l'autre.

— Vous êtes deux petites salopes ingrates. Tu as cinq secondes pour déguerpir avec ta petite bâtarde.

Je me dépêche, mais je ne prends pas le risque de sortir de la voiture sans Lulu. Je me retourne sur mon siège, en m'efforçant de ne pas établir le moindre contact visuel avec le fou installé à côté de moi, et je la sors de son siège bébé. Sans dire un mot de plus, je la prends dans mes bras et je m'extirpe de la voiture. Avant même que j'aie le temps d'attraper mon sac, mon père file à toute allure, en zigzaguant sur le bitume mouillé, la portière encore ouverte. Il fait une embardée au coin de la longue rue déserte, et la portière se referme d'elle-même.

— Putain, me lamenté-je, en réalisant que j'ai non seulement oublié mon sac, mais aussi mon téléphone.

Je suis plantée là, avec ma fille, sans argent, sans carte de crédit, sans moyen d'appeler qui que ce soit, au milieu de nulle part, dans le centre-ville de Chicago et en pleine nuit.

Je pose mes lèvres sur la peau douce de son front et,

renonçant à contenir les larmes qui coulent sur mes joues, je lui murmure des mots tendres pour éclipser les horreurs prononcées par mon père :

— Maman est là, mon bébé. Je serai toujours là pour te protéger.

En tenant Lulu fermement contre ma poitrine, à la manière d'un bouclier humain, je commence à marcher, dans l'espoir de trouver un endroit où passer un coup de fil. Je ne peux pas rester trop longtemps plantée là, au coin de la rue. Pas dans ce quartier. Quelqu'un va sans aucun doute passer par ici, et à cette heure, il y a fort à parier que ce ne sera pas quelqu'un à qui j'aurai envie de demander de l'aide.

Plus loin dans la rue, le tintement d'une clochette accompagnée de rires attire mon attention. Un jeune couple de mon âge titube, se rattrapant l'un à l'autre pour ne pas tomber. Je marche dans leur direction sans les interpeller. Ils ont l'air plutôt sympathiques mais sont clairement occupés, manifestement accaparés par un baiser.

Je marche rapidement et me dirige vers la porte par laquelle le couple est sorti, en regardant de part et d'autre car je suis terrifiée. La lumière provenant de l'intérieur jaillit par les fenêtres qui bordent la façade du bâtiment et vient s'abattre à mes pieds sur le trottoir, comme si elle souhaitait signaler ma présence. Je m'avance pour regarder à travers la vitre et jeter un coup d'œil à l'intérieur avant d'entrer.

Chez les Gallo

Accro & Tumulte

Rive Sud.

L'endroit a l'air pas trop mal. Pas aussi chic que ce que j'ai l'habitude de trouver dans les quartiers nord de la ville, mais pas horrible non plus. Ça reste malgré tout un bar, autrement dit le dernier endroit dans lequel j'ai envie d'entrer avec ma fille dans les bras. Je fais un pas en arrière pour regarder des deux côtés, en espérant apercevoir la faible lueur d'une station-service ou d'une pharmacie, mais toute la rue est sombre.

J'inspire un grand coup en serrant Lulu un peu plus fortement et j'attrape la poignée. Pendant un instant, on dirait que personne ne remarque notre arrivée. Ils sont tous absorbés par leurs discussions, le nez plongé dans leurs verres. Rien à voir avec les personnes que j'ai l'habitude de voir au Country Club de mon père, qui sirotent des martinis et autres boissons prétentieuses avec un air hautain, tandis qu'ils débattent de qui a le plus gros compte en banque. Non, vraiment rien à voir.

La porte se referme derrière moi, faisant tinter la clochette perchée au-dessus, ce qui capture bien sûr l'attention de la moitié du bar… Personne ne crie ou ne nous demande de partir. Ils sont bien trop occupés à m'observer et à me juger d'avoir amené un bébé dans un bar au milieu de la nuit. J'ai l'impression de pouvoir lire dans leurs pensées à la façon dont ils dévisagent tous Lulu.

Alors que je me disais qu'on ne s'en sortait pas trop mal pour l'instant, Lulu laisse échapper un cri glaçant, comme si elle venait de voir le diable en personne dans ses rêves. J'hésite pendant un court instant à partir en courant, mais je décide finalement de rester, en berçant doucement son petit corps pour la calmer, tout en affichant un sourire nerveux.

L'homme qui est assis le plus près de moi porte sa bière à ses lèvres en me regardant de la tête au pied, de la même manière que le fait mon père quand il a trop bu. Il penche la tête en me jugeant comme si j'étais la pire des mères et me demande :

— Il est un peu tard pour être dehors avec un bébé, non ?

— J'ai juste besoin de passer un appel.

Je me mords la langue pour m'empêcher de commenter le fait qu'il soit en train de boire au milieu de la nuit, en pleine semaine ; une habitude, à en juger par la taille de son ventre gonflé par la bière. À la place, je fixe le sol et me dirige vers l'autre bout du bar.

La femme derrière le comptoir est en train de servir une boisson à quelqu'un et ne me prête pas la moindre attention, pas plus qu'elle ne remarque le gros dégueulasse qui est en train d'essayer de me draguer.

— S'il vous plaît, demandé-je en tapotant les fesses de Lulu et en la berçant pour éviter qu'elle ne se mette encore à crier, mais la barmaid m'ignore complètement.

— Je te parle, ma belle, me dit le même mec, dont la phrase après plusieurs bières de trop ressemble plus à : « J'teparlembelle ».

Il essaie de me toucher avec ses grosses mains dégoûtantes, mais je me décale sur le côté.

— Madame, répété-je cette fois un peu plus fort.

— Viens-là, me dit le gars en avançant vers moi plus vite que prévu et en me touchant le bras.

Je sens mes poils se hérisser à son contact.

— Arrêtez, s'il vous plaît, le supplié-je.

J'essaie de me dégager, mais il ne fait que m'empoigner avec plus de force.

— Harry, lâche-la tout de suite si tu ne veux pas passer un mauvais quart d'heure.

Je sursaute et laisse échapper un couinement en entendant la voix d'un autre homme s'élever. Si Harry n'a pas été effrayé, je l'ai au moins été pour nous deux.

Harry plisse les lèvres et ses yeux quittent enfin ma poitrine pour regarder derrière moi.

— Désolé Lucio. Je voulais pas te manquer de respect, mec, je savais pas qu'elle était à toi.

Qu'elle était à toi ? Pendant un court instant, je n'ai pas envie de me retourner. Si quelqu'un me réclame comme étant sienne, je ne suis pas sûre d'avoir envie de savoir à quoi il ressemble. Je regarde par-dessus mon épaule, les yeux plissés, presque effrayée de me retourner, même si j'ai envie de partir le plus loin possible de Harry-le-pervers.

Mes yeux se posent sur un énorme torse et remontent jusqu'à une large paire d'épaules, pour finalement venir s'arrêter sur un visage magnifique.

— Tout va bien ? me demande l'homme.

Pendant un instant, je suis incapable d'articuler le moindre mot. Je le regarde, la bouche grande ouverte.

— Je…

Je m'arrête net, pas sûre de savoir si je vais bien et si

je ne suis pas trop chamboulée par son arrivée pour finir ma phrase.

Lucio, si l'on en croit le prénom que lui a donné Harry-le-pervers, hausse un sourcil, et me regarde d'un drôle d'air en voyant que je ne dis plus rien. Il finit par esquisser un sourire, et instantanément, je ne réponds plus de rien.

— Tu es blessée ? me demande-t-il en me regardant de haut en bas.

Je secoue la tête, toujours incapable de dire quoi que ce soit.

— Est-ce que le bébé va bien ?

J'acquiesce en hochant la tête. *Allô Delilah, ici la Terre.* J'ai intérêt à vite retrouver ma voix parce que j'imagine que ce genre de mec n'a pas toute sa soirée à perdre avec une femme étrange qui débarque dans un bar à une heure pareille.

— Je voulais savoir si je pouvais utiliser vos pectoraux, balbutié-je avant de sentir mon estomac se nouer immédiatement.

Il penche la tête et se met à rire :

— Pardon ?

Argh ! J'ai envie de disparaître, ou au moins pouvoir revenir dix secondes en arrière pour recommencer ma phrase. Je n'ai jamais été aussi gênée de toute ma vie. Qu'est-ce qui m'a pris ? En même temps, le fait qu'il soit bâti comme une armoire à glace n'aide franchement pas, ni que la seule partie de son corps à hauteur de mes yeux soit ses pectoraux, si saillants et a priori durs comme du bois.

— Votre téléphone. J'aimerais utiliser votre téléphone.

J'ai beau tenter de me corriger, le mal est fait.

— Tu ne veux que mon téléphone ? me taquine-t-il.

Je jurerais que je viens de voir ses pectoraux remuer de haut en bas comme pour me narguer, mais mes yeux me jouent peut-être des tours. J'acquiesce, mais je n'ose pas parler : je me suis suffisamment ridiculisée comme ça et je ne veux pas tenter de dire autre chose.

— Daphné ! lance Lucio, en retirant sa casquette de baseball posée à l'envers sur sa tête, et en glissant sa main dans sa chevelure brune.

J'ai l'impression que tout ralentit autour de moi en voyant ses longs doigts passer à travers ses mèches ondulées.

— Elle a besoin du téléphone.

La dénommée Daphné se baisse sous le bar, sort un verre et le pose près de moi sur le comptoir.

— C'est seulement pour les clients qui consomment. Qu'est-ce que tu veux boire ?

Je ferme les yeux. J'aimerais être n'importe où sauf ici.

— Je n'ai pas d'argent.

Les mots sortent difficilement de ma bouche.

— Pas de conso, pas de téléphone, fait la jeune femme sans le moindre remords et en me montrant la porte d'un signe de tête. Le commissariat de police est au bout de la rue. Essaie là-bas.

Mon Dieu, quelle connasse. Glaciale, et sans la

9

moindre compassion pour une femme avec un enfant qui n'a pas d'argent pour une bière dégueulasse.

— On ne traite pas les gens comme ça, lui rétorque Lucio en s'avançant et en la regardant avec dédain. Tu le sais aussi bien que moi.

— Je m'en fiche, Lucio.

Elle lève les yeux au ciel et s'éloigne comme si de rien n'était.

Lucio fait un pas vers moi et regarde Lulu. Je m'efforce de ne pas bouger et de garder la bouche fermée.

— Suis-moi.

Il me fait signe de le suivre et se dirige vers le couloir adjacent au bar.

Où est-ce qu'il compte nous emmener ?

— Qu'est-ce qu'il y a ? me demande-t-il en revenant vers nous lorsqu'il réalise que je reste plantée là en secouant la tête.

— Pourquoi je ne peux pas utiliser votre téléphone ici ?

Tous les scénarios de films d'horreur que j'ai vus défilent dans ma tête. Peut-être que c'est un tueur en série, ou un trafiquant d'êtres humains, et ma fille et moi sommes les proies idéales pour son business lucratif.

— Il t'emmène en haut, chez notre mère, dit la connasse de barmaid prénommée Daphné, en jetant une serviette blanche sur son épaule. Il est trop gentil.

— Oh, murmuré-je.

Je me sens idiote.

— Tu peux rester ici avec tous ces alcoolos ou tu

10

peux venir passer ton coup de téléphone en haut, dans le confort et la sécurité de l'appartement de ma mère. Ce n'est pas un endroit pour un bébé, ici.

Il n'a pas tort.

Je vais devoir attendre que le service de voiturage vienne me chercher, et ils ne sont jamais très rapides. Je ne veux pas attendre dans la rue ou dans le bar si c'est pour me faire draguer par des mecs bourrés.

— Après toi, lui dis-je en avançant, tout en espérant très fort que ce n'est pas un piège.

CHAPITRE 2
LUCIO

LA FEMME ne me quitte pas des yeux en entrant dans l'appartement de ma mère. Je n'arrive pas à savoir si je la terrifie ou si elle est juste en train de tomber sous mon charme. J'ai déjà vu ce regard : les yeux écarquillés, les lèvres entrouvertes et cette incapacité à aligner trois mots à la suite.

— Le téléphone est dans la cuisine, lui dis-je en lui indiquant le vieux téléphone à cadran dont ma mère refuse de se débarrasser.

Cela fait plus de vingt ans qu'on ne les utilise plus et qu'on ne les trouve plus que dans les musées, mais elle déteste le changement.

La femme se dirige vers le téléphone jaune moutarde posé sur le mur de l'autre côté de la pièce.

— Waouh. Je n'en avais pas vu depuis…

Je garde mes distances. Je ne voudrais surtout pas l'effrayer. J'ai une sœur, je suis donc bien placé pour savoir que chaque homme représente une menace potentielle pour les femmes. Je ne manque pas de le leur rappeler d'ailleurs, et j'essaie de garder à l'esprit ce qu'elles doivent ressentir dans une telle situation.

— Oui, je sais, répliqué-je en secouant la tête, pensant à l'excentricité de ma mère, avant d'ajouter :

— Ma mère est un peu coincée dans le passé.

Je souris pour essayer de la détendre.

Elle tient son bébé d'une main et attrape le téléphone de l'autre sans me lâcher du regard. Je ne bouge pas d'un iota. Je ne respire presque plus. J'imagine qu'elle a plus peur pour son bébé que pour elle. Elle ne sait pas si je suis un fou furieux ou bien le type un peu couillon mais inoffensif que je suis en réalité. Son regard balaie mon corps en s'attardant sur mes bras puis sur mes pieds.

Pour une mère, elle est super canon. Elle n'a pas l'air d'avoir plus de vingt-cinq ans. Grande, mais pas autant que moi. Elle porte des talons qui la font paraître plus grande qu'elle ne l'est vraiment. Ses cheveux châtains ondulés s'arrêtent vers le milieu de son dos et ses mèches de devant sont relevées sur le haut de sa tête, dégageant son joli visage.

Le bleu de ses yeux est unique. Leur teinte presque turquoise m'évoque le lac Michigan un jour ensoleillé. Pour quelqu'un qui vient juste d'avoir un bébé, elle a un corps super sexy et ses seins sont spectaculaires. J'ai l'impression d'être un gros vicieux à la mater comme ça, mais je suis un mec et je ne peux pas m'empêcher d'être excité par cette mère canon.

Elle arrête de me regarder le temps de composer le

numéro, mais entre chaque tour du cadran, elle me jette un coup d'œil. Nous restons ainsi tandis qu'elle coince le combiné contre son épaule : elle, avec son bébé dans les bras – s'attendant à ce que je bondisse à tout moment ; moi, me retenant à moitié de respirer.

— Bonsoir, dit-elle à la personne à l'autre bout du fil, c'est Delilah Miles, la fille de Roger Miles. J'ai besoin d'une voiture dès que possible.

Je penche la tête sur le côté, en la regardant sous un jour complètement différent. C'est une fille riche, qui ne vient certainement pas de cette partie de la ville. Je me demande pourquoi elle traîne dehors si tard avec sa fille. Ses vêtements sont plus luxueux que ceux de la plupart des clients du bar. Elle ressemble à ces jeunes riches branchés qui viennent à *Accro & Tumulte* de temps en temps pour se prendre une dose de culture et de réalité.

Ses sourcils se froncent, et pour la première fois, elle me tourne le dos pour cacher son visage.

— Pardon ? murmure-t-elle en chuchotant volontairement pour que je ne puisse presque plus l'entendre. J'ai un compte. Je ne comprends pas.

Elle relève la tête et grogne.

Ma mère sort de sa chambre. Elle porte un immonde peignoir rose et des pantoufles lapin, et ses cheveux roux flamboyant sont enroulés dans des bigoudis, conséquence de son aversion étrange pour les fers à boucler. Le regard de ma mère passe de Delilah à moi, et je la vois hausser un sourcil. Je secoue la tête en lui faisant signe de partir, parce que je n'ai pas envie de lui expliquer le peu que je sais pendant que Delilah est en train de parler au téléphone.

— S'il vous plaît, implore Delilah d'une voix douce. Je peux payer moi-même. Vous avez sûrement mes données de carte bancaire quelque part dans mon dossier.

Delilah s'arrête et regarde par-dessus son épaule pendant une seconde, sans voir ma mère à côté, avant de continuer :

— D'accord, mais vous allez me le payer, en plus de perdre votre travail pour m'avoir refusé votre service !

Elle raccroche brusquement et laisse échapper un petit grognement tandis que ses épaules s'affaissent.

Ma mère se racle la gorge et s'avance vers la cuisine, avec ses pantoufles lapin qui ne font qu'exacerber son apparence farfelue.

— Est-ce que quelqu'un veut boire quelque chose ? Je meurs de soif, dit-elle mère en essayant de rester cordiale alors qu'il est de toute évidence bien trop tard pour elle.

Delilah manque de décoller du sol et fait volte-face, s'agrippant à son bébé comme si sa vie en dépendait. Dès qu'elle aperçoit ma mère, elle change entièrement de comportement. Ma mère, qui semble tout droit sortie d'une bande dessinée, n'a rien d'une meurtrière et ne ferait pas de mal à une mouche, encore moins à quelqu'un comme Delilah.

— Puisqu'on reçoit ce soir, j'ai du thé ou du whisky. Qu'est-ce que je vous sers ?

Ma mère sourit en se tenant debout devant l'évier.

Les lumières de la rue jaillissent à travers les fenêtres derrière elle, ce qui lui donne un air angélique.

— Rien, merci, répond Delilah dont les lèvres tressaillent légèrement, tandis que ses yeux scrutent la tenue de ma mère.

— Je m'appelle Delilah.

— C'est ce que j'ai cru comprendre, rétorque ma mère sur un ton sarcastique qui laisse entrevoir son côté démoniaque. Moi c'est Betty, la mère de ce gros balourd.

Le regard de Delilah se tourne vers moi, et elle esquisse presque un sourire.

— Enchantée, Betty. Merci de m'avoir laissé utiliser votre téléphone.

— Thé ou whisky ? demande à nouveau ma mère comme si son heure de coucher n'était pas largement dépassée.

Elle ne semble pas se rendre compte que Delilah ne va pas rester.

— Je ne peux pas rester. Je dois coucher Lulu.

Delilah se tourne vers moi et fixe le sol :

— Pensez-vous pouvoir me ramener ?

Je me frotte le visage d'une main.

— Je n'ai qu'une moto et ma mère ne conduit pas.

C'est dans ce genre de situation que je regrette de ne pas avoir ma propre voiture.

— Ces engins sont des dangers mortels, s'empresse d'ajouter ma mère qui, l'air de plus en plus excentrique, en profite pour me rappeler encore une fois à quel point elle déteste ma moto.

Delilah balaie l'air du revers de la main :

— Ce n'est pas grave. Je vais trouver un taxi.

Ma mère remplit la bouilloire puis la place sur le feu, déterminée à ignorer le fait qu'aucun de nous ne va s'éterniser ici.

— Pourquoi ne restez-vous pas prendre le thé pendant que Lucio descend pour trouver quelqu'un à qui emprunter une voiture ?

Je hoche la tête. J'apprécie cette idée parce que quelque chose chez Delilah me fascine. Elle m'évoque une histoire tragique : une fille riche, coincée dans la banlieue, dans l'impasse. Peut-être que je peux m'immiscer et devenir le héros de l'histoire. Qu'est-ce que je raconte, là ? Enfin, je pourrais au moins passer une nuit avec cette fille canon, avant qu'elle ne disparaisse dans le soleil couchant avec un autre type au volant.

— Je ne veux pas déranger, je suis vraiment désolée. J'ai perdu mon sac et mon téléphone, sinon je ne me permettrais pas.

— Oh, ma pauvre, s'exclame ma mère en couvrant sa bouche de sa main, dramatique comme seule Betty Gallo sait le faire.

Mon sang ne fait qu'un tour quand j'imagine quelqu'un voler les affaires de Delilah et manquer de faire du mal à cette petite, cette adorable créature qui se tient devant moi ; à elle ou à son bébé.

— Quelqu'un t'a fait du mal ?

— Non, non, c'est une longue histoire mais tout va bien, répond Delilah pendant que ma mère lui indique le canapé où s'asseoir.

— Ça va si je te laisse ici ? lui demandé-je pendant qu'elle s'assoit avec le bébé sur ses genoux, faisant crisser le plastique sous ses fesses.

— Je n'en ai pas pour longtemps, rajouté-je en jetant à ma mère le même regard que celui qu'elle a l'habitude de nous faire en guise d'avertissement : bien que j'adore ma mère, elle peut être parfois un peu envahissante.

— Ne t'inquiète pas, tout va bien, vas-y, rétorque ma mère à la place de Delilah.

— Ce n'est pas à toi que je posais la question, Maman.

Delilah rit doucement et s'installe confortablement dans le canapé en calant le bébé sur ses genoux :

— Nous sommes au chaud et en sécurité. Tout va bien.

Je regarde par-dessus mon épaule avant de refermer la porte derrière moi, et j'aperçois ma mère en train de sortir deux tasses du placard. Je sais que ça va durer plus de quelques minutes car quand ma mère commence à parler, on ne peut plus l'arrêter tant qu'elle n'a pas épuisé tous ses sujets de conversation. J'espère que Delilah est suffisamment en forme pour écouter la sagesse infinie de Betty Gallo, car qu'elle le veuille ou non, elle va être servie.

— Où est la fille ? me demande Daphné dès qu'elle m'aperçoit.

Je pointe du doigt l'appartement de notre mère et secoue la tête en pensant à l'étrange tournant qu'a pris cette soirée.

— Elle prend le thé avec Maman.

19

Les yeux de Daphné s'écarquillent d'horreur. On sait de qui elle tient son côté dramatique.

— Tu l'as réveillée ?

— On ne faisait pas de bruit mais elle nous a entendus malgré tout.

Je me frotte la nuque, car j'ai tout sauf envie de demander un service à Daphné. Ma chère sœur voudra que je lui rende la pareille, seulement les faveurs qu'elle demande sont toujours démesurées et coûteuses.

— Tu crois que je peux emprunter ta voiture ?

— Mec.

Daphné fronce un sourcil en croisant les bras. J'arrive à deviner à la façon dont elle penche la tête qu'elle va me faire la leçon sur son précieux bébé.

— S'il te plaît. Tu sais que je ne te demanderais jamais de me la prêter, mais là c'est important.

— C'est pour elle ?

Elle pointe du menton l'appartement de notre mère.

— Oui, elle a besoin que je la ramène. Je ne peux pas prendre le bébé sur la moto.

— Je parie que tu n'aurais jamais pensé dire ça un jour.

Elle me pointe de son index tout fin pour se moquer de moi et de ma moto. Elle l'a toujours détestée. Elle m'avait dit que je n'avais pas l'esprit pratique et que je devrais grandir un jour. Elle n'est franchement pas la mieux placée pour parler : elle conduit une Jeep vintage.

— Va chercher les putains de clés, lui rétorqué-je en tendant la main et en remuant les doigts.

— Ne t'excite pas trop. Surveille le bar. Je vais te les chercher, frérot.

Elle ricane en me tendant la serviette humide qu'elle a utilisée pour nettoyer le bar toute la soirée.

— La fille est partie ? me demande Johnny, un habitué et un des plus vieux amis de mon père, tout en me tendant son verre de bière vide pour que je le remplisse.

— Elle est en haut avec Maman.

Johnny rentre sa tête dans ses épaules en me regardant comme si j'étais fou de les laisser seules.

— Que toutes les deux ?

— Heu… oui mec. T'inquiète pas.

— Tu ne connais pas cette fille. Ça pourrait être une meurtrière. Pense à ta mère.

— Je ne connais pas beaucoup de meurtriers qui emmènent leurs enfants avec eux quand ils vont liquider quelqu'un.

Je me penche vers lui et le regarde droit dans les yeux en lui glissant sa bière fraîche sur le comptoir, avant d'ajouter :

— Tu emmenais les tiens, toi ?

Ses yeux se plissent et il grogne dans sa barbe en attrapant sa bière, faisant mine d'être occupé pour éviter de répondre à ma question.

Johnny n'est pas seulement le meilleur ami de mon père, c'est aussi un de ses associés de longue date. Je ne me suis jamais mêlé de leurs affaires, mais je ne suis pas stupide. Je sais que Johnny est, ou a été, le second de mon père, et qu'il a déjà trafiqué des trucs pas nets. Je ne doute pas une seule seconde qu'il a déjà tué une ou deux personnes au fil des années.

Daphné pose les clés à côté de moi mais ne retire pas sa main.

— Laisse-moi t'expliquer deux ou trois trucs avant.

— C'est une Jeep, Daph, je pense que je peux m'en sortir.

Je croise les bras et m'appuie sur le comptoir, pressentant que la conversation est loin d'être finie.

— Non, elle est spéciale, insiste Daphné qui tente de me remettre à ma place, mais ne fait que me convaincre qu'elle est aussi folle que notre mère.

Je lève les yeux au ciel, mais elle reste complètement sérieuse.

— Tu la veux, oui ou non ?

— D'accord, vas-y, lui dis-je en levant les mains au ciel, obligé de céder à sa folie.

— Parfois la pédale de frein se bloque. Il faut que tu fasses très attention à la façon dont tu l'utilises. Relâche le frein doucement, mais sans mettre trop de temps non plus, sinon elle cale.

— Sérieusement ?

— Oui, elle a son caractère, acquiesce-t-elle comme si j'étais le dernier des abrutis.

— Incroyable, marmonné-je en notant le point commun entre ma sœur et sa voiture. Je suis sûr que je vais réussir à me débrouiller.

— Si le bébé vomit sur le siège, c'est à toi de nettoyer, compris ? ajoute-t-elle en faisant une moue dégoûtée.

— Oui, sœurette, j'ai compris.

J'approche la main pour attraper les clés mais elle les retire rapidement.

— Fais le plein avant de la ramener, mais ne mets surtout pas de la merde bas de gamme. Il lui faut de l'essence de la meilleure qualité.

— Ça sera tout ?

Elle retire enfin sa main et lâche les énormes clés attachées à un porte-clés flanqué d'un gros cœur en moumoute.

— Oui.

Je vais avoir l'air d'un con à me balader avec ce porte-clés, mais heureusement il fait sombre, et je ne risque pas de tomber sur l'un de mes amis. J'essaie de les rentrer dans ma poche, mais le gros cœur ne rentre pas et pendouille à hauteur de ma hanche, à la vue de tout le monde.

Ma mère m'attend en haut des escaliers devant la porte.

— Qu'est-ce qu'il y a ? lui demandé-je dès que je la vois.

— Elle dort.

— Le bébé ?

Ma mère secoue la tête :

— La fille.

Et merde.

— Comment c'est possible ? Je n'ai mis que quelques minutes.

Elle hausse les épaules :

— Les bébés sont épuisants et elle n'a pas l'air

d'aller très bien. Elle était en train de parler et tout d'un coup…

— Je vais aller la réveiller.

Ma mère fait un geste pour m'arrêter et m'empêcher de la contourner :

— Non, laisse-la dormir. Tu la ramèneras demain matin.

— Mais le bébé, Maman.

— On va installer un endroit où elle pourra dormir aussi. Il faut que tu portes Delilah jusqu'à la chambre.

J'ai l'air d'être le seul à y voir un problème. Je voudrais qu'on en discute mais je sais d'avance que je ne peux pas gagner contre ma mère. Cette fille que l'on ne connaît ni d'Ève ni d'Adam va se réveiller demain matin et flipper complètement. Du moins, je flipperais à sa place, mais ma mère n'a pas l'air du même avis.

— Je vais rester aussi, alors. Je vais bouger la fille puis aller aider Daphné à fermer le bar.

— Avant de te mettre au travail, va au magasin au coin de la rue pour acheter du lait pour bébé et un biberon.

— Il en faut un en particulier ? demandé-je, n'ayant aucune idée de ce que mangent les bébés.

Je n'ai jamais eu besoin d'acheter de biberon, et je n'aurais jamais cru le faire un jour.

— Prends-en un avec une grosse tétine.

Je m'abstiens de faire une blague car je n'ai pas envie de me faire frapper par ma mère qui se trouve derrière moi, à un angle parfait. Ma mère retire douce-ment le bébé des bras de Delilah. Je retiens mon souffle en m'attendant à ce qu'elle se réveille et commence à bouger, mais Delilah ne fait que marmonner un peu dans son sommeil avant de s'immobiliser à nouveau.

— On peut la laisser là, non ?

Ma mère berce le bébé en sentant ses cheveux comme elle le faisait quand ma nièce et mon neveu étaient petits.

— Cette odeur me manque, dit-elle, affichant une expression à la fois triste et joyeuse. Non, je veux qu'elle soit à l'aise. Elle ne pouvait même plus garder l'œil ouvert, la pauvre. Elle a besoin d'une bonne nuit de sommeil. Ce n'est pas facile d'être mère, Luc.

— Je sais Maman, tu me le rappelles constamment.

Heureusement, maman a les bras occupés, sinon je me prendrais un coup sur la tête pour ma remarque insolente.

J'avais gardé ma nièce de trois ans et mon neveu d'un an pendant une semaine après la mort de ma belle-sœur, à l'issue de sa courte bataille contre le cancer. Je n'ai jamais été aussi fatigué de ma vie. Je n'avais presque plus le temps de me doucher avec ces deux marmots dans les pattes, mais j'ai fait ça pour mon frère et le reste de la famille en deuil.

Je soulève Delilah et réalise qu'elle est plus légère que je ne l'aurais cru. Sa tête renversée repose sur mon torse et penche en arrière, ce qui me laisse une vue parfaite sur ses traits doux et délicats. Elle a un petit ensemble de taches de rousseur sur sa joue gauche, qui forme comme un cœur minuscule. Sa peau dépourvue de maquillage est parfaite. Elle a tout d'une beauté naturelle. J'ai tellement l'habitude des filles maquillées comme des voitures volées ! Parfois, quand je me réveille aux côtés d'une fille que j'ai baisée la veille, je ne la reconnais même pas sans maquillage.

J'avance doucement en faisant de petits pas vers la chambre pour ne pas la réveiller brusquement et finir avec un œil au beurre noir.

Tout cela pourrait très mal finir, mais je le fais quand même. Delilah pourra m'engueuler demain. Crier. Hurler. Tout ce qu'elle veut. Je peux encaisser la colère d'une inconnue sans que cela m'affecte trop, mais hors de question de m'attirer les foudres de ma mère.

Je l'installe sur l'ancien lit de Daphné, sous le poster de Mandy Moore qui commence à se recourber aux extrémités. Je sors une couverture en crochet de l'armoire et la pose sur elle, sous le regard attentif de ma mère.

— Lait et biberon. Souviens-toi, les bébés aiment téter les grosses tétines.

— Comme nous tous, marmonné-je en passant la porte, tout en écrivant un message pour annuler mon rendez-vous de la soirée.

CHAPITRE 3
DELILAH

PENDANT UN INSTANT, je ne suis pas le moins du monde inquiète. La chambre est sombre, chaude, et je suis confortablement emmitouflée dans de douces couvertures. Je cligne des yeux plusieurs fois et m'étire, quand soudain tout me revient.

Bar. Mec étrange. Femme en pantoufles lapin. Lulu.

Je saute du lit tel un super héros, et toute la fatigue et le confort ressentis il y a quelques instants s'envolent en un quart de seconde. Je quitte la chambre à toute vitesse et jette un œil dans toutes les pièces alors que je cours dans le couloir, une main crispée sur ma poitrine, faisant tout mon possible pour ne pas perdre la raison.

Ne dramatise pas. J'inspire lentement en me disant qu'elle va bien.

Si Lulu n'est plus là, je vais détruire toute la ville et attirer les foudres divines sur ces gens. Je suis envahie par la culpabilité de m'être endormie et d'avoir laissé mon bébé vulnérable et sans protection avec de parfaits inconnus.

Comment ai-je pu être si irresponsable et si stupide ?

En arrivant à l'angle de la cuisine, j'aperçois l'homme d'hier soir qui tient Lulu dans ses bras en lui murmurant quelque chose à l'oreille. Je m'arrête net et les observe depuis le couloir.

Cette vision de Lulu dans les bras d'un homme provoque en moi quelque chose d'inattendu. Quand son père m'a abandonnée à mon sort, alors enceinte de six mois, je m'étais dit « bon débarras ». On n'avait pas besoin de lui de toute façon. Mais au fond de moi, je savais que Lulu allait passer à côté de quelque chose. Non pas que Dwight Jones, ce lâche à petite bite soit une grande perte, mais elle avait quand même besoin d'une figure masculine dans sa vie.

Mon père était inutile. Non, il était pire que cela et pourtant, je m'en étais bien sortie. Mais tant de fois j'avais souhaité avoir un père, un vrai : quelqu'un qui aurait pris soin de moi comme d'une petite princesse et qui m'aurait toujours fait passer avant le reste.

À la place, j'avais eu un père alcoolique, qui m'avait abandonnée sur le bord de la route avec sa petite fille et sans le moindre sou.

Mes yeux se remplissent de larmes en regardant Lucio et Lulu. Il est très doux et tendre avec elle, et je réalise que c'est sûrement la première fois que je vois un homme se comporter de la sorte avec Lulu. Je me couvre la bouche de la main pour contenir le sanglot qui me monte à la gorge.

Lulu le regarde en tétant son biberon, complètement fascinée. Je ne peux pas lui en vouloir. Il est vraiment charmant, dans le style ouvrier musclé.

Hier soir, il portait une chemise blanche moulante et je n'ai pas remarqué grand-chose chez lui à part sa carrure. Mais en plein jour, avec Lulu dans ses bras, je peux clairement distinguer tout le haut de son corps.

Bon sang.

Son torse et ses bras sont couverts de tatouages. C'est comme si les dessins sur sa peau se mettaient à danser à chaque mouvement de ses muscles. Je n'ai jamais particulièrement aimé les mecs tatoués, mais les dessins sont absolument parfaits sur lui. Je m'agrippe au mur pour tenter de rester debout car j'ai l'impression que mes genoux vont se dérober sur moi.

Reprends-toi, ma fille. C'est juste un homme qui tient ton enfant.

— C'est qui, qui est trop mimi ? dit-il en la faisant rebondir de haut en bas d'un seul bras tout en posant le biberon sur la table.

Je fais un pas en arrière en me tenant toujours au mur, soucieuse de ne pas faire le moindre bruit. Je ne peux pas effacer le sourire débile qui se dessine sur mon visage pendant que j'essuie mes larmes. Il place sa cheville sur son autre jambe pour créer un petit espace sur lequel il installe Lulu, entre ses énormes cuisses musclées.

— Trop belle, comme ta maman.

Je sens une chaleur m'envahir et me mets à triturer le col de mon t-shirt. Cela fait très longtemps qu'on ne m'a pas dit que j'étais belle, et encore plus longtemps que je ne me suis pas sentie comme telle. Je suis trop occupée en mode maman, avec mon chignon décoiffé, sans maquillage, et imprégnée de l'odeur de lait régurgité, pour me considérer comme « belle ».

J'ai toujours su qu'être mère ne serait pas facile, mais je ne pensais pas non plus que ça serait si difficile. Rien au monde n'aurait pu me préparer au manque de sommeil. Sans parler des vergetures qui sillonnent mon corps telles des courbes de niveau sur une carte topographique. Je n'ai pas le temps de me préoccuper du nouvel état de mon corps et de mes seins méconnaissables après avoir allaité Lulu pendant ses trois premiers mois.

Lucio boit une gorgée de café en la faisant toujours rebondir délicatement, sans la lâcher du regard. J'ai envie de courir pour lui rappeler de lui faire faire son rot, mais il a l'air de savoir ce qu'il fait. Je ne sais pas pourquoi, mais je ne me résous pas à aller retirer ma fille de ces jambes musclées qui sont probablement plus solides que le bois sous mes pieds.

Lulu fait un petit bruit, se redresse et fait des bulles blanches pleines de lait. Il s'esclaffe et la prend d'un bras en tenant dans sa paume géante sa petite main qu'il place sur son épaule. Tout ce qu'il fait est si gracieux que je ne peux pas m'empêcher de regarder la scène avec émerveillement et stupéfaction.

Il pose son café et commence à lui frotter le dos et à le tapoter plusieurs fois. J'ai envie de lui dire de faire attention parce que Lulu est un vomito ambulant. Elle ne fait pas juste son rot. Non, ma fille n'est pas comme ça. Elle a détruit tant de vêtements que j'ai arrêté de les compter, et son lait maternisé est depuis longtemps devenu mon nouveau parfum ; quelque chose dont je ne suis pas vraiment fière.

Lulu laisse échapper un rot si bruyant que Lucio éclate de rire, et la catastrophe se produit. Au ralenti, je vois le rot devenir liquide et un énorme jet de lait régurgité atterrir sur son épaule avant de commencer à ruisseler le long de son dos. Je grimace en m'attendant à le voir péter un câble. Ce mec super canon, plein de muscles et de tatouages essaie de me rendre service en s'occupant d'un enfant qui n'est même pas le sien, et se retrouve plein de vomi.

— Bah alors petite malpropre, dit-il en riant un peu plus bruyamment alors qu'il la met à hauteur de son visage.

En la tenant comme si elle ne pesait pas plus lourd qu'un sac à patates, il essuie d'un doigt le lait qu'elle a au coin de la bouche.

— Ça va mieux maintenant ?

Mon Dieu, pourquoi est-il aussi sexy à la tenir ainsi ?

Le rouge qui a commencé à empourprer mes joues tout à l'heure est en train de se transformer en fournaise ; je me sens irradier de tous les côtés. Je n'ai pas eu envie de toucher un homme depuis le départ de Dwight, mais voir le beau Lucio en train de tenir mon enfant me donne des démangeaisons dans les mains et des envies d'aller le caresser. Tant pis s'il est couvert du vomi de Lulu. Ça ne me dérangerait pas de l'aider à se nettoyer.

Arrête de faire la pute.

Les mots prononcés par mon père en apprenant que j'étais enceinte résonnent dans ma tête, alors que mon esprit vagabonde vers les contrées ténébreuses et lascives que m'inspire le bel inconnu en face de moi. Betty, la dame aux pantoufles lapin d'hier soir, franchit la porte d'entrée et marche vers Lulu et Lucio.

— Delilah dort encore ?

— Oui, Maman, lui répond-il. Tu veux que je la réveille ?

— Surtout pas, une mère a besoin de repos ; et en plus… Regarde-moi ce visage d'ange : je pourrais lui faire des milliers de bisous, ajoute Betty en retirant Lulu des bras de Lucio.

— Maman, elle n'est pas à toi.

— Elle pourrait l'être. Il me faut plus de petits-enfants, mon chéri. Je ne rajeunis pas et toi non plus, lui lance-t-elle avec d'un drôle de regard qui me fait pouffer de rire. Pourquoi ne te cases-tu pas avec une fille comme Delilah ? Ça te donnerait une longueur d'avance côté petits-enfants et ça ferait de toi mon enfant préféré.

— Maman.

— Lucio.

— Arrête Maman. Une jolie femme comme elle doit avoir un mari et de toute façon, ça ne marche pas comme ça. Même si je sortais avec elle, ça ne ferait pas de Lulu ta petite-fille par défaut.

— Si tu étais son mari, est-ce que tu la laisserais sortir comme ça toute seule au milieu de la nuit ? Et puis de toute façon, pas besoin de lien du sang pour être une famille. Si tu sortais avec elle, je les considérerais toutes les deux comme ma famille.

Je ne sais pas pourquoi, mais je sens les larmes monter et se mettre à ruisseler le long de mon visage telle une pluie torrentielle. Je n'ai jamais entendu quelqu'un dire ça dans ma famille, et encore moins à propos de parfaits inconnus. Malgré les liens du sang que j'entretiens avec mon père, il nous traite comme des moins que rien, Lulu et moi. Ma mère ne vaut pas mieux : après qu'elle a disparu avec un mec de la moitié de son âge, nous n'avons plus jamais entendu parler d'elle.

— C'est une fille riche. Pourquoi voudrait-elle d'un pauvre mec des quartiers sud ?

— Tu es beau et tu as un grand cœur. Et puis en amour, l'argent n'a aucune importance.

— Tu es folle, lui répond-il tandis qu'elle embrasse Lulu sur le front.

— Tu ne sors qu'avec des bimbos superficielles qui sont plus intéressées par ce que tu peux leur acheter que par toi, mon chéri, et tu mérites mieux que ça.

Il se pince l'arête du nez et se penche en avant en posant un de ses coudes sur son genou.

— Et qu'est-ce que je suis censé faire alors ? L'inviter à sortir ?

— Oui, mon fils. C'est aussi simple que ça.

Oh mon Dieu, oh mon Dieu.

Est-ce qu'il va vraiment me demander de sortir avec

lui parce que sa maman vient de le lui suggérer ? Est-ce que ça veut dire qu'il en a envie ou bien qu'il se fait mener à la baguette par sa mère aux cheveux roux qui aime les lapins ?

Je ne veux pas d'un rencard parce qu'on m'aura prise en pitié, même si c'est avec cet homme torse nu et terriblement sexy qui tient mon bébé.

Je recule et me dirige vers la salle de bain en laissant Lulu avec eux pendant que j'essaie de me ressaisir. Quand je me vois dans le miroir, je me rends compte que je suis encore pire que ce que j'imaginais. Mes boucles habituellement disciplinées sont complètement emmêlées et le peu de mascara que je portais hier soir a coulé le long de mon visage, ce qui me donne l'impression de sortir tout droit d'un film d'horreur. En plus de ça, tout le sommeil que j'ai pu accumuler cette nuit n'a rien fait pour effacer les énormes cernes sous mes yeux.

Je me frotte le visage rapidement, j'attrape le dentifrice et me sers de mon doigt comme d'une brosse à dents. J'essaie d'arranger ma tête pour être la plus présentable possible. C'est officiel : je suis nulle. J'ai déjà fait cette routine, mais après une torride nuit de sexe. Jamais après m'être endormie sous le coup de l'épuisement.

J'attrape la poignée, prête à sortir dans mes vêtements de la veille et le moral au plus bas. Au moment où la porte s'ouvre, je me retrouve face à face avec le magnifique homme torse nu qui semble tout droit sorti de *Magic Mike*. Mais ce n'est pas tout : je fonce droit sur sa poitrine, incapable de me freiner dans mon élan.

— Salut, couiné-je comme une ado enamourée en le regardant dans les yeux.

— Salut, répond-il en esquissant un rictus et en me retenant par le bras.

La façon dont il me regarde me rend gaga. Je le contemple sans pouvoir aligner les pensées ou les mots. Comment le pourrais-je ? Il ressemble à une statue grecque avec ses muscles, sa peau parfaite, ses yeux verts pénétrants et un sourire qui donnerait des pensées obscènes à n'importe quelle femme, même à une nonne.

— Tu as bien dormi ? demande-t-il en me tenant toujours le bras.

Je suis obligée d'acquiescer d'un signe de tête, car les mots refusent encore de sortir de ma bouche face à ce mannequin à moitié nu. C'est le problème quand on reste célibataire pendant plus d'un an : quelque chose d'aussi trivial qu'un homme torse nu nous rend débile. Si c'était un autre homme, plus vieux et moins sexy, j'aurais sans doute pu articuler une réponse, mais avec ce demi-dieu baraqué c'est tout simplement impossible.

— Tu as faim ? me demande-t-il ensuite, alors que je suis trop occupée à observer les dessins sur son torse pour répondre.

La chanson « Your Body is a Wonderland »[1] a dû être écrite pour un homme comme Lucio. Mes doigts meurent d'envie de s'aventurer sur son corps : virevolter sur ce terrain de jeu, en toucher tous les recoins, jusqu'à ce que je finisse d'explorer chaque courbe et chaque tache d'encre qui le parsèment.

J'ai l'impression de ne l'avoir contemplé qu'un

court moment, mais quand il pose sa main sous mon menton et le relève pour que nos yeux se rencontrent, je me rends compte qu'il m'a prise la main dans le sac. Le sourire qu'il arborait il y a un instant s'élargit et devient de plus en plus diabolique.

— Est. Ce. Que. Tu. As. Faim ? me répète-t-il très lentement en détachant chaque syllabe comme si je ne comprenais pas bien le français.

Pour être honnête, à ce moment précis, j'ai du mal à comprendre même la plus simple des questions. Mais pour ma défense, mes parties féminines ont grandement besoin d'une révision ou au moins d'un petit réglage.

Mes lèvres s'entrouvrent suffisamment pour attirer son attention, ce qui, à mon grand soulagement, me permet d'obtenir un moment de répit face à son regard inquisiteur.

— Oui, articulé-je enfin en essayant d'adopter une voix sexy et aguicheuse, mais qui en fin de compte ressemble plus à celle de ma tante Maude qui, croyez-moi, n'a rien de sensuel.

Il lâche mon visage et j'arrive, Dieu merci, à me retenir de gémir alors que j'en meurs d'envie.

— Ma mère prépare le petit-déjeuner.

— Où est Lulu ? demandé-je en feignant parfaitement l'ignorance.

— Avec ma mère dans la cuisine. Je suis juste venu me rincer, me dit-il en se tournant pour me montrer les dégâts causés par Lulu le long de son dos ; une de plus sur la longue liste de ses victimes. Ta fillette a de l'appétit.

— Oh mon Dieu, je suis désolée.

Je parviens tout juste à sortir ces quelques mots, mais la tâche n'est pas facile. Son dos pleinement exposé à ma vue est aussi beau que son torse. Malgré les ravages provoqués par Lulu, il reste une véritable œuvre d'art.

— Ce n'est pas grave, ne t'excuse pas. C'est un bébé, c'est normal. Aucun problème.

Il se retourne et je fixe le sol. Je n'ose plus le regarder ou dire quoi que ce soit. Le tapis est bien plus sûr à regarder.

— C'est vraiment adorable de l'avoir nourrie. Tu aurais dû me réveiller, ce n'est pas à toi de t'occuper de ça. Je suis vraiment désolée.

Je finis par lever les yeux car je réalise avec embarras que j'agis bizarrement.

Il secoue la tête et lève une main pour m'arrêter dans ma tirade ridicule.

— Tu étais fatiguée, et de toute façon, je me suis bien amusé avec elle. Et puis ma mère est aux anges d'avoir un bébé chez elle.

— Oh.

J'essaie tant bien que mal de cacher l'excitation dans ma voix. En plus d'être super sexy, cet homme dit tout ce qu'une mère rêve d'entendre. On dirait un cadeau du ciel, tombé tout droit entre mes jambes disponibles et en manque d'attention.

Ne sois pas ridicule.

Cet homme a sûrement une liste de filles qu'il baise régulièrement. Le genre de liste à faire pâlir l'annuaire.

Quelle fille pourrait lui dire non ? Ce n'est même pas mon style de mec, mais pour lui je pourrais me damner.

— Et si on mangeait quelque chose avant que je m'occupe de toi ?

Mes yeux s'écarquillent sans laisser le moindre doute sur ce qui vient de traverser mes pensées. Je sens la rougeur envahir ma poitrine et remonter le long de mon cou, ce qui n'aide pas à cacher ma réaction.

Il sourit à nouveau, sans doute parfaitement lucide quant à ce qui vient de traverser mon esprit mal tourné. Je peux voir, à la façon dont ses yeux brillent, qu'il prend son pied à me voir mal à l'aise.

— Pour te ramener chez toi, j'entends, ajoute-t-il.

— Je vais appeler une amie pour lui demander de venir me chercher. Je ne veux pas t'obliger à la sortir.

Je tousse et tape sur ma poitrine car je n'arrive pas à aligner deux mots en sa présence :

— Je veux dire, je ne veux pas t'obliger à sortir. Tu dois être occupé.

Merde. Sérieusement. Je suis en présence d'un beau gosse qui a porté ma fille en la regardant avec une telle adoration que ça m'en a fait perdre la tête.

— Passer du temps avec deux filles magnifiques… dit-il en reculant d'un pas et en balayant des yeux mon corps et mes vêtements froissés. Je ne vois pas de meilleure façon de passer ma matinée.

Je cligne des yeux plusieurs fois en me demandant si j'ai bien compris, car ce qu'il dit me paraît un peu trop beau pour être vrai. Même sa mère et la façon dont elle parle de Lulu : tout cela semble sortir tout droit d'un épisode de *Notre Belle Famille*.

Il faut que je mange et que je parte vite d'ici parce que ce playboy sexy ne présage rien de bon. Je ne dirais pas non à ce qu'il s'occupe un peu de moi, mais en fin de compte, tous les mecs sont décevants et il n'y a pas de raison pour que celui-là soit différent des autres.

CHAPITRE 4
LUCIO

— C'EST TROP BON, gémit doucement Delilah en fourrant la dernière bouchée de scone aux myrtilles dans sa bouche.

Des miettes tombent de ses lèvres jusqu'à l'assiette, mais elle les ramasse du bout du doigt.

— Ta mère est une super cuisinière. Je n'ai jamais rien mangé d'aussi bon, ajoute-t-elle en se léchant le doigt, ce qui me rend instantanément dingue.

Je suis à moitié dur sous la table, et ça commence à devenir un énorme problème. Je n'arrive pas à m'asseoir confortablement ni à penser à autre chose qu'au sexe. Je bouge sur mon siège en essayant de trouver une position plus agréable, mais rien n'y fait. Au moment où je décide de penser à quelque chose d'horrible pour soulager la chose, ma mère entre dans la pièce et toute mon excitation s'évanouit en un instant.

— Je vais t'en emballer pour que tu puisses les ramener chez toi, dit ma mère en faisant rebondir Lulu sur sa hanche comme elle le faisait avec ses propres petits-enfants quand ils étaient bébés.

Le visage de Delilah s'assombrit soudainement quand elle entend les mots « chez toi ». Tout le plaisir et la joie procurés par les scones s'évaporent en une seconde. Delilah repousse l'assiette devant elle en tordant la bouche, avant de se mordiller l'intérieur de la lèvre.

J'ai envie de lui demander ce qu'il s'est passé, pourquoi elle était dans la rue si tard, mais ça ne me regarde pas et je n'ai pas à m'immiscer dans sa vie privée ni à l'interroger sur sa famille.

J'ai de l'expérience avec les schémas familiaux compliqués. Ma famille n'a jamais été une promenade de santé et ne ressemble en rien à une famille de sitcom comme on peut en voir à la télé. À part peut-être les Bundy de *Mariés, deux enfants*, même si notre niveau de dysfonctionnement dépasse parfois de loin leur folie.

Maman pose un sac de scones à côté de Delilah. Ses yeux se posent sur ce dernier alors qu'elle l'attrape, remarquant le logo de la boulangerie.

— Ma mère est une horrible cuisinière ; tu as de la chance que ce ne soit pas elle qui les ait faits, dis-je en riant sous le regard noir de ma mère, qui tente sans succès de me donner un coup sur la tête.

— Ton père ne s'est jamais plaint, rétorque ma mère comme si seul l'avis de mon père comptait ; ce n'est pas parce que les papilles gustatives de mon père sont mortes que c'est le cas du reste du monde.

— Bon, je vais devoir y aller. Je suis vraiment désolée pour le dérangement, mais merci pour cette bonne nuit de sommeil et pour le petit-déjeuner, annonce Delilah en se relevant et en tendant les bras vers Lulu, quant à elle occupée à jouer avec les perles autour du cou de ma mère.

Cette dernière chuchote quelque chose dans l'oreille de Lulu avant de lui déposer un baiser sur le front, les yeux fermés. Delilah est presque obligée d'arracher les perles des mains de Lulu, tandis que ma mère rit en savourant autant que possible chaque moment passé avec le bébé.

— Je suis vraiment désolée, répète Delilah, persuadée que ça embête ma mère, alors que cette dernière se délecte clairement de la situation.

— Ne t'excuse pas, ma chérie. Elle est adorable, dit ma mère en faisant un dernier bisou à Lulu avant que Delilah réussisse enfin à l'en séparer.

— Elle s'attache rarement aussi rapidement aux gens.

Pour une raison que j'ignore, je renchéris :

— On est attachants. Je veux dire, ma mère et moi le sommes. Mais pour le reste de la famille… c'est discutable.

Ma mère balaie mes paroles du revers de la main, mais nous savons tous les deux que c'est vrai.

— Oh, sois gentil, Lucio.

— Combien de frères et sœurs as-tu ? me demande Delilah en frottant le dos de Lulu en petits mouvements circulaires et délicats.

— Trois, du moins à ma connaissance.

L'espace tout lisse entre les beaux sourcils de Delilah se fronce.

— À ta connaissance ?

— Eh bien, j'en ai peut-être d'autres dont j'ignore l'existence. On ne sait jamais ce qu'il se cache dans les branches de notre arbre généalogique.

Cette fois, je n'échappe pas à la tape de ma mère sur le côté de ma tête.

— Un peu de respect pour ton père.

— Désolé, Maman, répliqué-je sans l'être toutefois le moins du monde.

Mon père était un vrai connard auparavant. Il s'est calmé en vieillissant, mais je sais bien qu'il entretenait plus d'une relation extraconjugale quand j'étais enfant. Je le voyais tromper ma mère dans son dos. Je me suis promis de ne jamais devenir comme lui en grandissant. Jusque-là j'ai tenu parole, même si je ne suis toujours pas casé non plus.

— J'adore ta mère, déclare Delilah avec un grand sourire.

Pourquoi est-ce que les femmes adorent toujours voir une mère remettre un fils à sa place ? Je ne sais vraiment pas pourquoi, mais chaque fois que ça arrive, ça fait toujours mourir de rire les gens à mes dépens. Malgré tout, voir le visage de Delilah s'illuminer à nouveau vaut entièrement la peine de cet embarras.

— Betty est un peu folle, affirmé-je en évitant un second coup de ma mère pour me punir de l'appeler par son prénom. Tu es prête ? ajouté-je à l'intention de Delilah tout en ajustant le col de la robe de Lulu.

— Je peux appeler un taxi, murmure-t-elle en regardant attentivement mes mains.

— Non, je ne peux pas te laisser faire ça. Je te ramène chez toi. Je ne pourrai pas me détendre tant que je ne serai pas sûr que tu es en sécurité.

Ma mère, qui se tient derrière Delilah, me fait un pouce en l'air accompagné d'un sourire niais. Elle est déjà en train de prévoir notre mariage dans sa tête, et même si Delilah me plaît, je pense que ma mère s'avance un peu trop.

Delilah se mord la lèvre inférieure tandis que ses joues virent au rose pâle.

— C'est très gentil de ta part de te donner tout ce mal.

— Ça ne me dérange pas.

Ce n'est pas comme si c'était une corvée de passer plus de temps avec une femme si jolie. Même si elle a un bébé, je l'apprécie. Quelque chose chez elle m'attire. Peut-être que c'est la tristesse dans son regard et mon besoin de toujours réparer les choses qui la rendent plus séduisante.

— J'ai déjà installé le siège bébé, alors on est prêts à partir.

— Oh, bredouille-t-elle en inclinant sa tête sur le côté. Tu as un siège bébé ?

— C'est celui de mon neveu. Ma mère le gardait souvent alors elle en a un dans la cave. Je suis allé le chercher pendant que tu dormais.

Pour une femme sophistiquée comme elle, qui utilise un service de voiturage pour se déplacer, on doit avoir l'air d'une étrange famille de classe moyenne. Elle a passé la nuit au-dessus d'un bar des quartiers sud, dans un coin de la ville où très peu de gens de sa classe sociale passent en voiture de peur de perdre la vie. L'appartement de ma mère a une taille correcte, mais c'est un vrai retour dans les années quatre-vingt, que son amour pour les meubles recouverts de plastique rend complet. Nous ne faisons pas partie du même monde, mais Delilah n'a pas l'air de s'en préoccuper.

— Si tu repasses dans le coin, viens dire bonjour, lance ma mère à Delilah en la prenant dans ses bras.

— Avec plaisir, j'adorerais ça Betty, répond Delilah en souriant, un bras passé autour de ma mère et la pauvre Lulu coincée entre les deux.

Moi aussi j'adorerais ça… et je n'arrive pas à le croire.

Delilah vit sur la rive nord, dans l'un des plus grands immeubles au bord du lac. « Luxueux » est loin d'être suffisant pour décrire le quartier. Il n'y a pas un seul clochard au coin de la rue, personne qui crie pour vendre de l'eau ou d'autres petits objets pour s'acheter de l'alcool comme dans mon quartier. Tous les gens qui marchent sur le trottoir sont en tailleur ou dans une tenue élégante.

— Merci de m'avoir ramenée, Lucio. Je suis très

reconnaissante de ton aide et de ta gentillesse, dit-elle en sortant Lulu du siège arrière de la Jeep de ma sœur.

— C'était un plaisir.

J'aimerais dire autre chose mais je n'y arrive pas. Nous avons à peine parlé pendant le trajet, ou du moins, de rien d'important. Je n'ai presque rien appris sur elle pendant ces trente minutes qu'il nous a fallu pour remonter jusqu'à son appartement à Lake Shore. Nous n'avons échangé que des banalités et ça ne m'a pas dérangé. Je ne voulais pas insister et avoir l'air d'un connard. Je sais qu'elle était déjà gênée à propos de son appel d'hier soir, et je n'ai pas voulu la mettre plus mal à l'aise qu'elle ne l'était déjà vis-à-vis de la situation.

Delilah se tient devant la porte de la Jeep côté passager en tenant Lulu dans ses bras, et me sourit pendant un moment. J'ai envie de lui demander son numéro, mais elle est mère et elle n'a sûrement pas de temps à perdre avec un bêta comme moi. Quelle mère des quartiers nord et roulant sur l'or voudrait sortir avec un mec des quartiers sud qui possède un bar ? Je ne suis pas en galère d'argent, mais je ne suis pas pour autant le genre de gars destiné à l'épouser.

— J'attends ici pour m'assurer que tu es bien rentrée, dis-je en essayant de me comporter en gentleman, comme me l'a appris ma mère.

— Ça va aller, le portier va nous faire entrer.

— Je préfère attendre et être sûr que tu es en sécurité, insisté-je en essayant de mémoriser ses magnifiques lèvres et ses yeux d'un bleu profond.

Elle recule lentement en gardant ses yeux rivés sur

les miens, peut-être pour se souvenir également de chaque détail de mon visage. Quelques secondes plus tard, elle part en me tournant le dos. Je secoue la tête. Je m'en veux d'être un tel idiot. D'habitude, je demande toujours aux femmes leur numéro de téléphone. Ça n'a jamais été un problème, mais aujourd'hui, quelque chose m'en a empêché. Je ne sais toujours pas si elle est mariée ou célibataire, et l'absence de bague à son annulaire ne veut rien dire à mes yeux.

Elle regarde par-dessus son épaule et me fait un petit geste de la main avant de disparaître à travers la porte tournante.

— Bien joué, pauvre con, grommelé-je en tapant le volant et en tentant de me retenir de lui courir après.

Ma mère a toujours détesté les femmes que j'ai ramenées à la maison. Et même si Delilah n'est pas ma copine mais juste une femme qui s'est aventurée dans mon bar, ma mère l'a immédiatement appréciée. Du moins, elle a tout de suite apprécié Lulu et c'est apparemment suffisant pour gagner son cœur.

Non pas que j'aie besoin de la validation de ma mère pour fréquenter une fille, mais les choses sont quand même beaucoup plus simples quand Betty apprécie la personne assise en face d'elle. Ma mère a beau être de toute petite taille, elle n'en reste pas moins grande gueule. Je ne veux pas qu'elle passe le restant de sa vie à détester la femme que je vais épouser. Je préfère rester seul pour toujours plutôt que d'écouter ma mère se plaindre de mon mauvais choix de partenaire.

Mon téléphone sonne sur la console centrale et je me

penche pour voir que ma mère pointe encore le bout de son nez dans mes affaires.

Maman : Prends son numéro de téléphone.

J'écris ma réponse en effaçant et en réécrivant plusieurs fois mon message avant de cliquer sur « envoyer ».

Moi : Elle est déjà partie.

Maman : Pourquoi tu as tout gâché ?

Moi : Elle a un enfant.

Maman : Ça veut dire qu'elle est stable et que c'est un bon choix.

Ma mère ne connaît de toute évidence pas certaines filles du quartier, qui même si elles ont des enfants, sont plus folles que la plupart des personnes internées dans le service psychiatrique de l'hôpital départemental. Sortir un petit humain de son vagin ne signifie pas forcément qu'on soit une personne gentille, normale ou stable. Ça veut juste dire qu'on s'est envoyé en l'air, et puis c'est tout.

Alors que je glisse mon téléphone dans la console centrale, je remarque que Delilah est en train de sortir par la porte tournante en pleurant, Lulu calée sur sa hanche. Je sors de la Jeep à toute vitesse et marche vers elle en l'appelant.

Elle se met à pleurer de plus belle en me voyant et s'effondre presque sur mon torse lorsque je lui touche le bras.

— Je suis là, la rassuré-je.

Je ne sais pas qui est sa famille, mais ce sont de

grosses merdes. Je prends Lulu et passe un bras dans le dos de Delilah en la guidant vers la Jeep, loin de cet endroit.

— Partons d'ici.

CHAPITRE 5
DELILAH

LUCIO RÉINSTALLE LULU dans le siège bébé sans poser la moindre question. Je reste sur le trottoir, les yeux rivés sur l'appartement de mon père au dernier étage, à le détester plus que je n'ai jamais détesté quiconque. Le père de Lulu est une grosse merde, mais il a au moins eu la décence de partir avant qu'elle n'ait de souvenir de lui en train de lui briser le cœur, comme est en train de le faire mon père avec moi.

J'essuie mes larmes en essayant de rassembler mes pensées et de me calmer pour éviter de partir en crise d'angoisse. Eli, le portier qui me connaît depuis que je suis en maternelle, m'a dit qu'il avait l'ordre de ne pas me laisser monter. Je l'ai supplié de me laisser aller chercher mes affaires, et malgré le chagrin que je pouvais lire dans ses yeux, il n'a pas cédé.

Je sens mes genoux défaillir en pensant à tout ce qu'il s'est passé ces douze dernières heures. Je me retrouve tout à coup non seulement mère célibataire, mais aussi sans domicile et sans argent.

Lucio ouvre la portière côté passager, m'attrape par la taille et m'installe dans la voiture avec autant de délicatesse qu'il l'a fait pour Lulu.

— Allez monte, ma belle, m'encourage-t-il doucement tandis que je me laisse guider.

Je ne le repousse pas. En plus d'être complètement anéantie et sous le choc, je l'aime bien… Et puis j'apprécie la façon dont il traite ma fille. C'est un parfait inconnu, que je ne connais que depuis quelques heures, pourtant il a déjà été bien plus gentil avec moi que mon père ne l'a été au cours des dix dernières années.

Assise sur le siège passager, je triture l'ourlet de mon t-shirt, les yeux baissés, en attendant que Lucio monte dans la voiture. Je ne sais pas quoi lui dire ni où lui demander de m'amener. Je n'ai nulle part où aller et personne à qui demander de l'aide. Je n'ai pas mes papiers, et sûrement plus un seul dollar sur le compte en banque que je partageais avec mon père.

— Tu peux me laisser au refuge le plus proche, lui dis-je en supposant que c'est ce qu'il faut faire dans ce genre de situation.

Je veux dire, à part dans ces lieux, où pourrait bien aller une personne sans argent avec un bébé ? Je ne peux pas vivre dans la rue, et sans famille, je n'ai personne vers qui me tourner.

Lucio s'appuie contre la portière de la Jeep et se tourne sur son siège pour me faire face.

— Sûrement pas, proteste-t-il en secouant la tête

tandis que j'ouvre la bouche pour dire quelque chose. Je ne vous amènerai pas Lulu et toi dans un refuge pour sans-abri. C'est hors de question.

— Ça ne sera que pour quelques jours. Il faut juste que je trouve comment faire après, lui expliqué-je, persuadée que ce que je dis a du sens.

Mais il ne veut rien entendre.

— Tu es déjà allée dans l'un de ces endroits ? me demande-t-il en haussant un sourcil.

Je réponds par la négative en secouant la tête, tout en tordant mes doigts sur mes genoux.

— Je n'ai pas d'autre endroit où aller, murmuré-je dans un soupir.

— Moi, je suis là pour toi.

Je sens mon estomac virevolter.

— Ce n'est pas à toi de t'occuper de nous.

— Pas un mot de plus, m'ordonne-t-il. L'appartement à côté du mien est vide, tu peux y loger.

Ma bouche s'entrouvre immédiatement et mes mains s'arrêtent net.

— Je n'ai pas d'argent, Lucio. Genre, pas même un centime pour payer un appartement.

— Tu as de la chance, je connais le propriétaire, ricane-t-il en donnant l'impression que tout est bien plus facile que ça ne l'est réellement. Tu as un travail ?

Je fais signe que non en rougissant de honte. Je voulais rester à la maison avec Lulu aussi longtemps que possible, en vivant sur le fond légué par ma grand-mère à mes vingt et un ans.

— Tu peux m'aider au bar si tu veux te faire de l'argent. Tu sais, le temps de retomber sur tes pieds.

J'écarquille les yeux pendant un moment avant de les sentir à nouveau s'emplir de larmes. Je ne sais pas quoi dire à ce magnifique homme à côté de moi, qui m'offre un toit et un endroit où travailler. Il ne me doit rien. Il n'est pas obligé d'être si gentil. Dieu sait que mon propre père n'a jamais été aussi bienveillant envers moi ou sa petite-fille.

— Je ne sais pas quoi dire, bredouillé-je entre deux sanglots.

Je me sens à la fois heureuse, reconnaissante et dévastée en même temps. Je ne sais pas quoi faire à part pleurer et me jeter dans ses bras.

— Merci.

Je dépose un énorme baiser sur sa joue, trouvant un certain réconfort dans la chaleur de sa peau et la dureté de son corps.

— Je ne sais pas comment je pourrai un jour te rendre la pareille.

Lucio me frotte le dos pour me calmer de la même manière que je le fais à Lulu quand elle pleure.

— Ça sera sympa d'avoir la petite dans les parages. La vie était bien trop calme en ce moment, de toute façon.

J'esquisse un sourire à travers mes larmes. Cette armoire à glace est en train de me mentir sans vergogne, mais je ne vais pas lui dire que je m'en rends compte. Je vais accepter sa proposition et faire mon possible pour ne pas être un fardeau, histoire de ne pas lui pourrir la vie.

— Je te promets que tu ne te rendras même pas compte que nous sommes là.

— C'est toi qui me rends service, ma belle, pas l'inverse.

Je me retire de ses bras et lève les yeux vers son regard vert profond. Je sèche mes larmes, complètement déboussolée.

— Comment ça ?

— L'appartement est vide depuis trop longtemps. J'ai besoin que quelqu'un y vive pour continuer à tout faire fonctionner jusqu'à ce que je trouve un nouveau locataire.

— Oh, acquiescé-je comme si je comprenais, alors que je n'ai pas la moindre idée de ce qu'il raconte. Alors tu veux que je répare des choses ?

Il essuie quelques larmes sur mes joues à l'aide de son pouce.

— Pas du tout. Quand un endroit reste vide trop longtemps, les choses s'arrêtent de fonctionner. Je veux que tu t'y sentes bien pendant le temps qu'il faudra et que tu ne t'inquiètes de rien.

Je lève les yeux vers lui sans me dégager de son contact, car cela me fait un bien fou de sentir que quelqu'un est là pour moi comme personne ne l'a été auparavant.

— On partira dès que j'aurai économisé assez d'argent pour te rendre ton appartement.

— Ou tu pourras y rester et me le louer. Pas la peine d'avoir déjà un pied dehors pendant que tu y habites.

Quand il sourit, j'ai l'impression que la Terre se met à tourner à toute vitesse et que l'énorme nuage noir qui me suivait depuis un moment disparaît.

— Merci Lucio. Tu es presque trop beau pour être vrai, dis-je avec une grimace en me rendant compte de la nullité de ma phrase.

Je ne pense pas à mal, mais je me demande sincèrement d'où sort ce mec incroyable. De tous les endroits, dans les quartiers sud de Chicago, dans lesquels j'aurais pu atterrir, c'est dans son bar que je suis entrée… Dans celui d'un mec qui a tout d'un chevalier en armure plutôt que d'un simple beau gosse musclé et séducteur.

— Je veux dire… balbutié-je en essayant sans succès de me rattraper.

— Écoute, Delilah, je sais comment les gens me voient et quelle est leur première impression quand ils voient ma belle gueule et mon corps séduisant, me confie-t-il en me montrant son corps cambré d'un geste de la main. Mais je ne suis pas un connard qui saute sur tout ce qui bouge et qui embrasse le miroir dès qu'il voit son reflet.

— Tu es sûr ? répliqué-je en riant.

C'est évident que ce mec s'apprécie ; il peut nier autant qu'il le veut, mais cela se voit que rien ne peut venir à bout de son ego. J'ajoute :

— Je veux dire, peu de mecs disent d'eux-mêmes qu'ils sont beaux et séduisants.

Il relève le menton tandis qu'il esquisse un sourire en coin.

— C'est juste qu'ils ne le disent pas tout haut, mais ils le pensent tous.

Je lève les yeux au ciel en lui donnant une tape sur le bras.

— Au moins je sais maintenant.

— Tu sais quoi ? s'enquiert-il en haussant un sourcil, ce qui le rend encore plus séduisant.

— Que tu n'es pas juste une belle gueule.

Je hausse les épaules en tentant de garder une expression aussi neutre que possible, mais c'est difficile quand il me regarde de cette manière. Lucio est d'une beauté à couper le souffle, mais le problème… c'est qu'il le sait.

— Je te taquine, Delilah. Tous les mecs sont des connards. Je ne suis pas différent, mais on m'a appris à respecter les femmes et à tenter de faire le bien sur Terre pendant que j'y suis.

— Donc tu ne penses pas que tu es beau et séduisant ? demandé-je en résistant à l'envie de baisser les yeux sur les muscles parfaits qui émergent des manches de son t-shirt, et que, pire encore, j'ai envie d'effleurer.

— Est-ce que toi tu trouves que je suis beau et sexy ? m'interroge-t-il en retour.

— Tu n'es pas mal, le taquiné-je.

En réalité, Lucio est toutes ces choses et plus encore. Et au fond de lui c'est aussi un mec bien, prêt à m'aider alors que personne d'autre n'est disposé à le faire.

— Tu n'es pas mal non plus, dit-il en me lançant un

clin d'œil avant de prendre son téléphone pour écrire un message.

Il démarre sans dire un mot de plus et se met en route en direction de l'endroit qui sera désormais ma maison.

Lucio a un talent particulier : alors que je viens de vivre le pire moment de ma vie, il est capable de me faire rire et de me faire oublier ce fiasco. Quoi qu'il arrive, je lui serai à jamais reconnaissante de m'avoir offert du confort et de la sécurité, en plus d'un endroit où dormir.

— Où est l'appartement ? demandé-je en voyant que nous dépassons le bar dans lequel je me suis aventurée hier soir.

Le quartier est complètement différent en plein jour. Beaucoup moins effrayant que je me l'étais imaginé dans l'obscurité de cette nuit sans lune, où seuls quelques lampadaires à proximité éclairaient les immeubles à deux ou trois étages.

— C'est à un pâté de maisons du bar, et ce n'est pas un appartement, mais une maison.

Je tourne ma tête vers lui et me retiens de lui poser trop de questions car je ne veux pas passer pour une ingrate.

— On va habiter dans la même maison ?

— J'habite en bas, mais le premier étage est libre. Ne t'inquiète pas, tu auras ton intimité : il y a une porte avec un verrou en haut des escaliers.

Je n'étais pas vraiment inquiète. Comment pourrais-je

l'être ? Il ne m'a rien demandé. Il n'a rien tenté et m'a à peine draguée. Qui voudrait d'une fille à la rue et sans argent ? Il pourrait avoir n'importe quelle fille qu'il voudrait baiser en moins de cinq minutes, moi y compris ; alors pourquoi s'embêter avec quelqu'un comme moi ? Rien n'est facile dans ma vie et il a l'air d'être le genre de mec à aimer tout ce qui est facile… y compris les femmes.

— C'est bon à savoir.

— Tu auras tout ce dont tu as besoin. L'étage est entièrement aménagé et ma mère va amener des affaires de seconde main, donc pas de quoi t'inquiéter.

Je pousse presque un soupir de soulagement. Mais même si le problème matériel est réglé, je n'ai toujours pas de quoi nous nourrir, Lulu et moi. Je ne peux même pas acheter une boîte de lait en poudre pour elle. Si je n'ai rien à manger, ce n'est pas grave, je pourrais survivre plusieurs jours, mais pas mon petit bébé. Il n'y a rien au monde de plus important qu'elle.

Quand il se gare devant ce que je suppose être sa maison, il n'y a pas moins de deux voitures et quatre personnes en train de sortir des courses, des cartons et un berceau.

— Qu'est-ce que…

Ma voix s'arrête net parce que je n'en crois pas mes yeux.

Qui fait ça ? Quel genre de personne aide des inconnus de la sorte ? Pas ma famille en tout cas. Surtout pas mon père. Certes, il faisait des dons à des œuvres de charité, mais ils étaient toujours anonymes, et c'était seulement dans le but d'obtenir une réduction d'impôts à la fin de l'année.

— On assure tes arrières, me promet Lucio en penchant la tête tout en garant la Jeep. Ma famille est comme ça. Quand quelqu'un a besoin d'aide, on se mobilise.

— Mais…

Lucio met un doigt sur mes lèvres pour m'empêcher de parler.

— Ne dis plus rien. Prends Lulu et viens avec moi visiter ton nouveau chez toi.

Je ne peux pas effacer le sourire béat de mon visage. Il y a moins d'une heure, je croyais que tout mon monde s'effondrait et que Lulu et moi allions passer la nuit dans un refuge, blotties l'une contre l'autre. Et maintenant, nous avons un appartement, de la nourriture et un groupe entier de personnes à nous aider, sans avoir la moindre idée de ce que j'ai fait pour mériter cela.

CHAPITRE 6

LUCIO

DELILAH RESTE PLANTÉE en haut des escaliers. Elle regarde l'appartement du haut bouche bée, tandis que mes deux frères, ma sœur et ma mère s'affairent de part et d'autre, en posant des affaires sur chaque surface disponible avant de redescendre en chercher davantage.

— Je n'arrive pas à y croire, murmure-t-elle avant de faire un pas en avant avec appréhension, comme si elle risquait de tout faire disparaître en avançant trop vite.

— C'est le dernier carton, déclare Vinnie en passant à côté de moi sans manquer de me cogner l'épaule en montant les escaliers, comme il l'a déjà fait les trois dernières fois.

D'adolescent merdeux, il est passé à étudiant avec plus de muscles que de cerveau.

— Vous le voulez où celui-là, m'dame ?

Les yeux de Delilah brillent en regardant le carton

dans les mains de mon petit frère, sur lequel est écrit : « Trucs pour gosses ».

— N'importe où, répond Delilah qui semble aussi heureuse qu'elle l'était en mangeant les scones aux myrtilles ce matin.

Vinnie grogne en soulevant la caisse encore plus haut pour exhiber sa force : il aime frimer ainsi, même si c'est devant une femme trop bien pour lui. Quarterback vedette du lycée et désormais étudiant de deuxième année dans l'une des plus grosses universités de football américain du coin, il se prend pour un cadeau de Dieu fait à l'humanité, et surtout aux femmes. Delilah trouve peut-être que je suis imbu de moi-même, mais elle ne connaît pas Vinnie et son ego surdimensionné qui prend toute la place aux repas du dimanche avec la famille.

Ma mère saisit les épaules de Delilah, et Lulu en profite pour attraper immédiatement ses perles. Cette dernière, pas le moins du monde dérangée par l'invasion, annonce :

— Le repas est à treize heures demain. Tu sais déjà où j'habite, ma chérie.

— Comment ?

Les sourcils de Delilah se froncent à nouveau, et des petites rides se forment à la base de son nez. Elle se retourne vers moi, et je me contente de hausser les épaules.

Je ne vais rien dire. Les repas de famille sont un moment important et une réelle obligation lorsqu'on est né au sein de cette bande de crapules qu'est ma famille.

Même si ma mère semble chaleureuse et adorable, c'est rare qu'elle invite à notre table des personnes que l'on vient juste de rencontrer. Mais on ne la refera pas : elle fait de son mieux pour que Delilah ne se sente pas délaissée, et je suis sûr qu'elle essaie de nous caser ensemble d'une façon ou d'une autre. Comme si vivre sous le même toit et travailler au même endroit ne suffisait pas, ma mère veut s'assurer que nous ne passons pas un seul instant séparés.

— Le repas de famille a toujours lieu le dimanche à treize heures.

— Mais je ne suis pas…

— Ne dis plus un mot, l'interrompt ma mère avant moi en lui jetant un regard de « c'est moi la maman, c'est moi qui décide ». Plus on est de fous, plus on rit. Une famille, c'est plus que les liens du sang.

Delilah semble gober les paroles de ma mère et son sourire devient de plus en plus large et lumineux.

— Un grand merci, Betty. C'est vraiment très gentil de proposer, mais je pense qu'il va me falloir plusieurs jours pour tout déballer et m'installer.

— Chut, chut, lui intime ma mère en me désignant. Lucio va aider, et puis de toute façon, tu as besoin de manger. À treize heures. Ne sois pas en retard.

Delilah hoche la tête. Pour lui sauver la mise en remarquant son air dépassé, je réponds à ma mère :

— On sera là à l'heure, Maman.

Ma mère s'avance vers moi, entoure mes épaules de ses bras et me chuchote à l'oreille sous le regarde de Delilah :

— Ne foire pas tout. Aide-la et assure-toi qu'elle est en sécurité.

— Je sais, Maman, murmuré-je en sachant pertinemment qu'aucun de nous deux n'a parlé suffisamment bas pour que Delilah ne nous entende pas.

Maman ne dit rien que je ne sache pas ou ne pense pas déjà. Depuis le peu de temps que Delilah et Lulu sont entrées dans nos vies, je me suis attaché à elles et me sens responsable de leur sécurité.

Après avoir sauvé la situation en remplissant l'appartement du haut avec tellement d'objets pour bébé – à tel point qu'on dirait qu'on a dévalisé les rayons d'un *Toys « R » Us* en pleine liquidation – ma famille s'en va aussi vite qu'elle est arrivée. Nous sommes enfin seuls.

— Ta famille est… commence Delilah en regardant autour d'elle, les yeux écarquillés. Je ne sais pas comment décrire ce que je ressens.

Je me frotte la nuque et commence à rire.

— Ils sont parfois complètement fous, mais…

— Ils sont formidables, Lucio. Tu as de la chance de les avoir.

Elle avance jusqu'à la petite cuisine bien fournie que j'avais aménagée avec de nouveaux appareils après le départ du dernier locataire. Je la suis en gardant mes distances car j'ignore si elle a vécu des trucs traumatisants, mais aussi parce qu'on ne se connaît pas assez bien et que je ne veux pas paraître menaçant.

— Cet endroit est magnifique. Tu es sûr que tu ne veux pas le garder pour quelqu'un d'autre ?

— Et quoi, vous laisser à la rue ?

Elle se retourne face à moi avec la petite Lulu qui me dévisage aussi.

— Tu aurais pu.

Elle baisse les yeux au sol, mais je reste silencieux car mon but n'est pas de me faire passer pour le héros de la situation. J'ai fait ce que feraient la plupart des gens face à quelqu'un qui en a besoin. Surtout quelqu'un qui a un bébé à sa charge. Delilah reprend :

— Mon père ne s'est pas gêné pour le faire.

— Écoute, lui dis-je en me rapprochant pour lui faire comprendre que je veux qu'elles restent ici. Je ne sais pas ce qu'il s'est passé ni quel genre de personnes tu as l'habitude de fréquenter, mais tu avais besoin d'aide, et j'avais un appartement libre. Je n'en aurais pas dormi de la nuit si je vous avais laissé Lulu et toi dans un refuge alors que j'avais les moyens de vous aider.

Lulu tend la main vers moi et je la prends des bras de Delilah sans réfléchir. Même Delilah ne réagit pas et me la laisse, comme si on se connaissait depuis des années.

— Je te rembourserai tout.

— Pas la peine, protesté-je fermement. Je n'ai pas besoin d'argent.

Je me mets à rire lorsque Lulu me touche les lèvres, les fait bouger avec ses petits doigts, puis fait un bruit de pet avec sa bouche.

— Tout le monde a besoin d'argent.

— J'ai une maison, un bar, une super moto et une chouette famille. J'ai tout ce dont j'ai besoin. Et tu vas

71

me rendre service en gardant cette maison en bon état et en me donnant un coup de main au bar.

J'ai l'impression d'être un disque rayé à force de répéter ce que je lui ai déjà dit, mais elle n'a pas l'air de comprendre malgré tout.

Dans son milieu friqué où tout le monde se noie pratiquement dans la décadence, elle ne doit pas comprendre comment quelqu'un peut accueillir un parfait inconnu. Mais en voyant Lulu jouer avec mon visage comme avec un jouet Monsieur Patate, Delilah semble enfin commencer à se détendre et à accepter.

— Cette conversation est terminée, lui dis-je – non pas comme un connard le ferait, mais parce que je ne veux pas qu'elle passe son temps à me remercier ou à penser qu'elle me doit quelque chose en retour. Il y a deux chambres là-bas.

Alors que j'essaie de pencher la tête, la prise de Lulu s'intensifie et ses petits ongles me rentrent dans la peau.

— Oh mon Dieu ! Je suis désolée, s'excuse Delilah en s'avançant pour retirer Lulu de mes bras. Je devrais la nourrir et lui faire faire une sieste avant qu'elle ne devienne grognon.

— Cette enfant n'a pas l'air du genre à être grognon.

— Crois-moi, elle peut l'être, et c'est vraiment l'enfer dans ses mauvais moments, répond Delilah en riant doucement avant d'embrasser le front de Lulu.

— J'ai le biberon et le lait de ce matin. Repose-toi sur le canapé, je vais le préparer. On pourra commencer à déballer quand elle se sera endormie.

Delilah penche la tête sur le côté et me regarde

comme si j'étais une bête de foire tout droit sortie du carnaval ringard qui défile parfois en ville.

— Je ne vais pas te laisser tout faire toute seule, lui expliqué-je en devinant ses pensées.

— Parce que ta mère te l'a demandé ? demande-t-elle.

— Parce que j'en ai envie. Et pour être honnête, rajouté-je en me frottant les mains car je sais que je vais lui dire quelque chose qu'elle n'aimera peut-être pas entendre, je vous aime bien, toi et la petite.

Ses yeux s'agrandissent comme si je venais de lui faire une révélation choquante. J'ai envie de lui demander si elle a un copain ou autre, mais je suppose que non. Si c'était le cas, ce serait un vrai connard de ne pas être là pour les aider à ma place, elle et le bébé. Si c'était ma copine, elle n'aurait pas à se faire le moindre souci et ne vivrait pas avec son connard de père.

— Va t'asseoir, lui ordonné-je en montrant le canapé d'un geste du menton. Je m'en occupe.

Elle me regarde, bouche bée, sans bouger, tandis que je me dirige vers la cuisine pour préparer le biberon de Lulu. Quelques instants après, Delilah traverse le salon et va regarder les deux chambres.

— Le berceau est déjà installé.

— On travaille rapidement, dis-je en mesurant le lait en poudre et en faisant chauffer l'eau.

Ça fait des années que je n'ai pas préparé de biberon, et c'est ma mère qui s'en est chargée ce matin, mais ce n'est pas plus compliqué que de préparer une boisson au bar.

Le cuir du canapé crisse quand elle s'assoit. Je me retourne et la vois, Lulu sur les 'genoux, donnant enfin l'impression de se sentir à l'aise pour la première fois depuis qu'elle est entrée dans ma vie. Ses yeux balaient furtivement la pièce, observant l'appartement et tous les cartons que ma famille a déposés, et qui contiennent Dieu sait quoi.

Quel genre d'abruti foutrait tout ça en l'air ?
Une meuf sexy. Un bébé génial.

Il n'y a rien de bien compliqué dans cette situation. Jamais je ne pourrais abandonner mon enfant et sa mère, mais c'est simplement parce que j'ai été éduqué comme ça. Et aussi parce que ma mère me coincerait les noisettes dans un étau si je m'avisais de faire ça à ma propre famille.

Je secoue le biberon pour bien mélanger la poudre farineuse avec l'eau et j'entre dans le salon en les regardant.

— Je vais commencer à déballer pendant que tu la nourris.

Elle me regarde avec ses grands et beaux yeux bleus bordés de longs cils, qu'elle cligne pendant une seconde, comme pour essayer de bien capter ce que je viens de dire.

— Mais je suis sûre que tu as des choses à faire.

— Non.

Je mens un peu. Je n'avais rien prévu de concret, mais je devais aller faire une partie de football américain avec les mecs.

Je lui tends le biberon puis commence à m'affairer,

pour lui donner un peu d'espace et un moment à elle pendant qu'elle nourrit Lulu.

J'ai déjà merdé dans ma vie, mais jamais au point que ma famille me tourne le dos. Je n'ose pas imaginer ce qu'il se passe dans sa tête maintenant que son père l'a pratiquement reniée, en la laissant sans argent et sans endroit pour vivre.

Je n'ai même pas fini le premier carton qu'elle se met à parler :

— Je tiens juste à te prévenir qu'aucun homme ne viendra toquer à ta porte pour exiger de nous voir, moi ou Lulu.

— Je ne m'inquiète pas, répliqué-je en lui tournant le dos et en sortant délicatement les objets pour bébé et en les plaçant sur le comptoir. Tu peux recevoir qui tu veux.

— Le père de Lulu est parti avant sa naissance. Je n'ai plus jamais entendu parler de lui après ça et je m'en moque totalement. Je n'ai pas été en couple depuis, alors…

— Ça ne me regarde pas, Delilah.

J'ai mal au cœur pour Lulu. Pour Delilah aussi. J'ai non seulement envie de casser la gueule de son père, mais aussi d'étrangler le salaud qui l'a mise en cloque et qui les a abandonnées toutes les deux.

— Je voulais aussi te dire ça parce que… commence-t-elle avant de s'interrompre lorsque je me retourne pour lui faire face. Moi aussi je t'aime bien.

Elle parle si bas que je l'entends à peine, et pourtant ces mots vont tout changer.

CHAPITRE 7
DELILAH

PRONONCER ces quelques mots n'a pas été facile non plus. Je ne veux pas que Lucio pense que j'ai dit que je l'aimais bien seulement parce qu'il me vient en aide. C'est une des raisons, bien sûr, mais ce n'est pas la seule chose que j'aime chez lui.

Comment ne pas aimer le mec qui a débarqué pour nous sauver du merdier qu'étaient devenues nos vies ?

Mais il n'y a pas que ça.

Ce mec magnifique à en tomber, musclé, qui a sa propre maison et son propre bar est prêt à aider une femme avec un bébé qu'il vient tout juste de rencontrer. Le père de Lulu n'en avait rien à faire, et pourtant, je suis quand même sortie avec lui pendant plus d'un an avant qu'il ne me mette enceinte. Lucio possède toutes les qualités qu'une femme recherche, et qu'elle trouve rarement d'ailleurs.

Il n'y a bien entendu pas que son apparence physique qui m'attire, mais cette dernière n'en reste pas moins impressionnante. Même debout dans la cuisine avec un ours en peluche dans une main et une robe pour petite fille dans l'autre, il reste terriblement sexy. Sa peau bronzée, ses bras gonflés, et ses tatouages ont l'air de crier : « Je suis un strip-teaseur ! ». C'est ce que je me serais dit si je l'avais croisé dans la rue. Mais ce n'est pas ce qu'il est. C'est la seule personne dans cette ville qui ne m'a pas laissé tomber.

— Donne-la-moi, dit-il en me désignant Lulu d'un geste, endormie dans mes bras et le biberon encore dans la bouche. Je vais aller la coucher.

Je lui tends Lulu sans dire un mot. Je croise son regard, mais il ne réagit pas à ce que je viens de lui dire. Peut-être qu'il ne m'aime pas de la même manière et que je ne suis pas du tout son genre de fille. Peut-être qu'il voulait dire qu'il m'aimait bien comme une sœur ou une bonne amie. Pas qu'il voulait me sauter dessus comme moi j'en ai envie.

— Sérieusement ? Bien joué, Delilah, murmuré-je tout bas tandis qu'il disparaît au fond du couloir pour aller coucher Lulu dans sa chambre.

Je m'écarte du canapé et m'agenouille tout en me frottant le visage pour essayer de surmonter ma gêne. Je suis assise à côté du canapé, en train d'ouvrir un carton de vêtements pour bébé quand Lucio revient dans le salon. Je n'ose pas lever les yeux parce que je ne veux pas me jeter à nouveau à ses pieds si c'est pour me ridiculiser encore plus.

On travaille en silence, en se jetant des coups d'œil de temps en temps tandis que nous sortons les objets apportés par sa famille. Je suis rarement troublée par les gens, mais Lucio me chamboule complètement.

— Tu as faim ? me demande-t-il en s'arrêtant devant moi.

— Un peu, dis-je alors que je suis affamée.

— Reste-là. Je vais chercher quelque chose à manger.

— D'accord, acquiescé-je en le regardant descendre les escaliers, me retrouvant seule.

Je profite de son absence pour découvrir ma nouvelle maison temporaire. J'ouvre les placards, les tiroirs, et je remarque que tout est rempli de ce dont nous avons besoin. La cuisine, moderne et propre, est équipée d'appareils en acier inoxydable, de placards blancs laqués et de plans de travail en granit noir. Tout est rempli de casseroles et de poêles, de vaisselle et de tout ce dont je pourrais avoir besoin pour préparer un festin.

La salle de bain est de taille correcte et comprend une baignoire avec un pommeau de douche, un lavabo sur pied, et tout ce que j'espérais trouver, comme des serviettes, du savon et même du gel de bain moussant. La chambre dans laquelle dort Lulu est composée d'un berceau et d'une commode mais c'est à peu près tout. Ma chambre est pourvue d'un confortable lit queen size, d'une table de chevet, d'une commode et même d'un petit dressing.

Que demander de plus ? Ce n'est pas le penthouse de mon père, mais c'est absolument parfait pour Lulu et moi. Je ne veux pas m'installer trop confortablement malgré tout. Je sais bien que tout ceci n'est qu'éphémère. Lucio est quelqu'un de bien, mais je ne veux surtout pas abuser de sa gentillesse.

Je m'allonge sur le lit en regardant le plafond et j'écoute les sirènes hurler au loin dans la rue. Il va falloir que je m'habitue, mais Dieu merci, Lulu pourrait dormir même au milieu d'un ouragan. Je ferme les yeux, caressant du bout des doigts la couette soyeuse et chantonnant pour moi-même lorsque tout devient trop silencieux.

— C'est confortable ?

Je saute hors du lit en agrippant ma poitrine en entendant sa voix.

— Tu m'as foutu les jetons, maugréé-je en sentant mon cœur tambouriner sous ma main. Seigneur.

— Je suis désolé. Je n'ai pas fait de bruit pour ne pas réveiller Lulu.

Il s'appuie contre l'encadrement de la porte, les bras croisés sur sa large poitrine, et me regarde avec un sourire dévastateur.

— J'ai pris des pizzas. Ça te va ?

Mon estomac gargouille et virevolte en même temps. C'est la première fois que je ressens ça.

— Tu as l'air d'être un viandard, pas vrai ? me hasardé-je. Laisse-moi deviner : tu as pris une pizza à la saucisse.

Je dis cela en le suivant jusqu'au salon et en priant pour qu'il ne soit pas du genre à aimer l'ananas. Les pizzas hawaïennes sont de véritables tue-l'amour.

— Pepperoni, dit-il en ouvrant le couvercle de la

boîte tandis que l'odeur me frappe en plein visage. C'était la seule qui était déjà prête et je ne voulais pas te faire attendre.

— C'est parfait, approuvé-je tandis que la seule vue de ce chef-d'œuvre fondant à souhait me fait saliver.

Le fromage est parfaitement coulant, un peu grillé au niveau de la croûte, et couvert d'une tonne de pepperoni sans le moindre ananas à l'horizon. Dieu merci.

— Ça te va si on s'assoit par terre ?

Il regarde la table basse de l'autre côté de la pièce. C'est la seule surface de l'appartement qui ne soit pas couverte de cartons ou d'objets à ranger.

— Bien sûr, acquiescé-je sans pouvoir me retenir de sourire.

Comment ça pourrait me gêner d'être par terre, nom de Dieu ? Sans Lucio je n'aurais rien, pas même un pot pour faire pipi. Je pourrais manger sur le toit s'il voulait. Je sors deux assiettes et des serviettes du placard, avant de m'agenouiller à côté de lui. Il prend une part et me fait signe de me servir.

— Parle-moi de toi, commencé-je en rapprochant lentement la part de pizza de ma bouche, pour ne pas engloutir tout le morceau d'un seul coup tellement je meurs de faim.

Il croque une bouchée et l'avale en haussant les épaules.

— Il n'y a pas grand-chose à dire. J'ai grandi dans ce quartier, et je tiens ce bar avec mes frères et ma sœur. Il était à mes parents, mais on leur a racheté il y a quelques années après que mon père a eu des problèmes avec la justice.

Je me couvre la bouche, me sentant comme la pire des connasses.

— Je suis désolée, articulé-je la bouche pleine.

— Ne le sois pas, dit-il en riant et en agitant sa part de pizza. Santino savait que son château de cartes finirait par s'effondrer un jour. Il baignait dans des affaires super louches ; mais je suis content qu'on ait pu sauver le bar avant que le gouvernement ne le saisisse.

La façon dont il me regarde fait accélérer les battements de mon cœur. Ça fait une éternité qu'on ne m'a pas regardée comme ça. Avoir Lulu dans les bras est un moyen infaillible pour m'assurer qu'aucun homme ne me verra autrement que comme une mère. Mais Lucio n'est pas pareil, il me regarde comme une femme et pas comme une machine à lait.

Je pose ma pizza et mets ma main sur son bras.

— Tu n'étais pas obligé de me raconter ça. Je suis désolée.

Il ne réagit pas mais je vois bien que tout cela le dérange malgré tout.

— Il a merdé et doit purger sa peine. Je ne suis pas fier de lui, mais ça reste mon père. Il a toujours été un bon père, c'est juste qu'il a fait des choses douteuses, même si on savait tous que ça lui retomberait dessus un jour.

— Ça reste un meilleur homme que mon père, lui dis-je en retournant à ma pizza pour éviter de le toucher à nouveau, après avoir déjà laissé ma main s'attarder trop longtemps.

— Tu veux bien me raconter ce qu'il s'est passé ?

D'habitude, ma vie de ma famille est privée, mais Lucio mérite de connaître ma sordide histoire. Il nous a ouvert sa maison et doit savoir ce qu'il s'est passé, et pourquoi. Je passe les dix minutes suivantes à vider mon sac à propos de mon alcoolique de père et de ma mère aux abonnés absents. Puis de la chute vertigineuse de la carrière de mon père et comment cela a contribué à le transformer en un connard impitoyable et parfois même irresponsable.

— C'est un sacré bordel, Delilah.

Cette fois, c'est Lucio qui tend la main pour toucher mon bras puis commence à caresser doucement ma peau avec son pouce. Il ajoute :

— Je suis désolé que tu aies dû endurer tout ça à cause de lui.

La chair de poule envahit toute ma peau, et mon cœur, qui est déjà en surrégime, accélère de plus belle.

— Je regrette juste d'être autant restée. J'aurais dû déménager il y a longtemps. Si je l'avais fait, je ne serais pas dans cette situation.

Son doigt s'immobilise et il renforce sa prise sur mon bras.

— Mais tu ne serais pas là, remarque-t-il sans même cligner des yeux.

En regardant ses ténébreux yeux verts, je sens tout l'oxygène présent dans mon corps s'évaporer. Le petit appartement paraît encore plus petit quand il me regarde et me touche. Je déglutis la boule qui s'est formée au fond de ma gorge et tente de retrouver ma contenance. Pas une mince affaire en sa présence.

— On est samedi, tu devrais être en train de t'amuser au lieu de rester coincé avec moi et mon bébé.

À peine ai-je prononcé ces mots que je les regrette. On dirait que j'attends un compliment de sa part, or je déteste les personnes qui font ça. Je pense vraiment ce que je viens de dire et ce n'était pas dans le but qu'il me réponde que passer son samedi avec moi est bien plus amusant que de sortir avec ses potes. On sait tous les deux que ce n'est pas le cas.

Lucio s'approche et je retiens ma respiration. Une partie de moi espère vraiment qu'il va m'embrasser. Nos corps se touchent encore. Il tient encore fermement mon bras. Je ferme les yeux tandis qu'il approche son visage du mien et j'attends le moment.

— Delilah, dit-il doucement.

Je l'entends à peine chuchoter mon prénom à travers le bourdonnement dans mes oreilles et les battements de mon cœur.

— Oui ?

Ma voix résonne comme si j'étais en manque, et je le suis. Mon corps est en feu et ma raison est totalement submergée par sa proximité et son odeur. Tout cela est amplifié par le fait qu'aucun homme ne m'a touchée depuis bien longtemps.

— Lulu est réveillée.

J'ouvre instantanément les yeux et réalise qu'il n'était absolument pas sur le point de m'embrasser. Il essayait de se relever après avoir entendu Lulu pleurer dans l'autre pièce, contrairement à moi qui étais bien trop obnubilée par lui.

Je me couvre le visage des mains en laissant échapper un petit grognement tandis que Lucio part dans la chambre de Lulu. Mon visage est rouge et brûlant. Je n'ai qu'une envie : me cacher sous une couverture. Je suis sûre que Lucio sait très bien que je m'attendais à ce qu'il m'embrasse. Comment pourrait-il ne pas s'en être rendu compte ? J'avais la bouche ouverte, et étais penchée vers lui, les yeux fermés comme une adolescente stupide qui attend son premier baiser.

— Quelle idiote, murmuré-je pour moi-même.

— Delilah, m'interpelle-t-il en entrant dans le salon avec Lulu dans les bras. Je compte t'embrasser mais j'attends le bon moment, et ce n'est sûrement pas au-dessus d'une boîte à pizza.

Je ne sais pas si j'ai envie de virevolter dans toute la pièce pour célébrer le fait que Lucio veuille bel et bien m'embrasser, ou si je veux encore me cacher sous une couverture pour dissimuler ma gêne d'être restée assise par terre les yeux fermés et la bouche tendue.

— Je vois, dis-je en retournant à ma pizza et en évitant de le regarder tandis qu'il s'assoit avec Lulu dans un bras.

— Hé.

Il touche mon visage pour m'obliger à le regarder.

— Tu es canon, ma douce, ajoute-t-il en m'effleurant le bas de la lèvre avec son pouce. Mais je ne veux pas tout précipiter. Tu as vécu beaucoup de choses. Quand ça sera le moment, si ça l'est un jour, je t'embrasserai. Je ne veux pas causer ta perte trop vite.

— Causer ma perte ? demandé-je en m'étranglant presque avec ma pizza.

— Une fois que je t'aurais embrassée, tu ne voudras plus jamais d'un autre homme.

J'aimerais lui faire une réponse pleine d'esprit à propos de sa vanité, mais quelque chose en moi me dit que Lucio a raison.

CHAPITRE 8
LUCIO

— JE DEVRAIS PEUT-ÊTRE RENTRER à la maison, dit-elle en franchissant la porte d'entrée de *Accro & Tumulte*.

— Non, non. Ma mère tient à ce que tu sois là.

Je passe un bras derrière son dos et l'attrape par la hanche pour l'empêcher de partir lorsque je la vois tenter de reculer. J'ajoute, dans un aveu aussi choquant pour elle que pour moi :

— Moi aussi j'y tiens.

— Oh.

Delilah s'empourpre et sourit, puis replace une mèche de ses cheveux châtains derrière son oreille.

— En plus, si tu pars maintenant, Betty va te poursuivre sans relâche.

— Vraiment ? murmure-t-elle en écarquillant les yeux.

— Elle est connue pour avoir fait des trucs encore plus fous.

Elle laisse échapper un rire nerveux avant de parcourir des yeux le bar vide.

— Où sont les gens ?

— On est fermés le dimanche après-midi. C'est un moment spécial Gallo, jusqu'à ce qu'on rouvre, à vingt heures.

— C'est si différent en plein jour.

— Pas aussi effrayant ?

J'essaie de prendre la situation à la légère. Je sais que l'autre soir, lorsqu'elle a passé la porte d'*Accro & Tumulte*, c'est tout juste si elle ne tremblait pas de peur.

— Pas du tout aussi effrayant.

Elle pose sa tête sur mon torse comme si elle l'avait déjà fait un million de fois. Je m'oblige à me souvenir qu'elle n'est pas à moi ; du moins pas encore.

Hier soir, nous avons flirté. À plusieurs reprises je m'étais rendu compte qu'elle voulait m'embrasser, mais j'ai essayé de me la jouer décontracté et impassible. Pourtant, ça n'a jamais été mon truc. Je me suis forcé à lui laisser de l'espace, mais c'était presque de la torture.

J'ai passé la pire nuit de sommeil de ma vie : chaque fois que j'entendais Delilah marcher ou bien Lulu pleurer, je voulais accourir à l'étage pour m'assurer qu'elles allaient bien. J'ai réussi tant bien que mal à m'en empêcher, car je voulais à tout prix éviter de l'effrayer.

Surtout après tout ce qu'elle m'a raconté sur sa famille. C'est horrible. Ils sont horribles. Il n'y a pas une seule personne dans sa vie sur laquelle elle a pu compter un jour. Je ne voulais pas qu'on m'ajoute à la longue liste de connards à lui avoir déjà pourri la vie.

— Lucio, dit-elle en relevant la tête, ses yeux bleus me transperçant jusqu'au cœur. Je…

Je sais que ça va être du lourd, et quoi qu'elle ait à me dire, je ne suis pas certain d'être prêt à l'entendre.

— On devrait monter. On est déjà en retard.

Elle hoche la tête et renonce à dire ce qu'elle avait en tête. Je relâche mon emprise à contrecœur et la laisse me précéder dans les escaliers. Je ne peux pas m'empêcher de contempler ses fesses parfaitement rebondies et la façon dont ses hanches ondulent alors qu'elle marche lentement devant moi.

Delilah pose à peine le pied sur la dernière marche que la porte s'ouvre à la volée. Ma mère nous accueille avec un immense sourire.

— Enfin ! s'exclame-t-elle en ouvrant les bras et en se tournant vers le bébé. Voyons voir ce petit ange.

Sans la moindre hésitation, Delilah tend Lulu à ma mère.

— Mon Dieu, chuchote Delilah alors qu'elle pose son regard pour la première fois sur l'ensemble de mes proches, en train de mettre la table et de faire à manger. C'est une vraie petite armée.

Parfois, j'oublie que tout le monde n'a pas une grande famille comme la mienne.

— Tu les as presque tous vus hier, mais je ne te les ai pas encore vraiment présentés.

— C'était un peu chaotique.

Elle pouffe de rire en émettant un grognement de cochon, auquel elle parvient malgré tout à donner une sonorité adorable.

— Lui c'est Vinnie, dis-je. C'est le bébé.

Je montre mon petit frère d'un signe de la tête. Il se tient debout dans la cuisine, et c'est le seul qui n'aide pas à préparer le repas.

— Yo ! lance-t-il en levant à peine les yeux de son téléphone.

— Salut, renchérit Delilah avec un petit signe de la main ; mais Vinnie est trop occupé pour s'en rendre compte et lui faire un signe en retour.

— C'est un crétin, et il se prend pour un cadeau de Dieu fait aux femmes, lui précisé-je car il n'y a pas de meilleure façon de décrire mon petit frère.

— Ça doit être dans les gênes, dit-elle entre ses dents pour me lancer une petite pique, avant de se mettre à glousser.

— Je suis un cadeau de Dieu pour tout le monde, me corrige Vinnie, sans même nous regarder.

Daphné contourne l'îlot de la cuisine et s'avance vers nous. Je sais qu'elle est la personne que Delilah redoutait le plus de voir car, soyons honnêtes, ma sœur est une vraie garce parfois.

— Salut. Je suis vraiment désolée pour l'autre soir.

— Aucun problème, répond Delilah en secouant la tête.

Daphné attire Delilah contre elle, et lui fait un énorme câlin.

— Il faut que je t'explique. On a plein de gros cons qui viennent tout le temps au bar pour demander de la merde. Tu verras. Ça n'était pas contre toi.

Delilah ne lui rend pas immédiatement son étreinte,

mais Daphné ne la relâche pas. Ma sœur est tenace en toute circonstance, y compris avec ses câlins.

— J'étais de mauvaise humeur et je n'ai pas été très sympathique. Je te prie de m'excuser.

— Ce n'est pas grave, Daphné, je comprends, dit Delilah en passant enfin son bras autour d'elle.

Peut-être Delilah se rend-elle compte qu'elle n'échappera pas à l'emprise de ma sœur tant qu'elle n'aura pas accepté ses excuses et qu'elle ne lui aura pas rendu son câlin.

— Je te promets que je vais me racheter. On se fera une soirée entre filles.

Delilah me jette un regard affolé, mais je ne peux rien y faire. Ma sœur est un pitbull, et je n'ai pas envie de commencer une dispute à propos d'une soirée entre filles.

— On verra. Je ne sors plus trop. Lulu me prend tout mon temps.

Daphné me désigne d'un geste de la main en relâchant enfin Delilah.

— Lucio pourra la garder, propose-t-elle sans même me demander mon avis.

— Je ne peux pas lui demander ça.

— Pas besoin de demander, affirme Daphné en riant. Il sera ravi.

— Je garderai la petite quand tu veux, dis-je à Delilah sans réfléchir, juste parce que j'aime la voir heureuse. Tout le monde a besoin de souffler un peu de temps en temps.

De plus, avoir une amie ne lui ferait pas de mal,

surtout quelqu'un comme ma sœur. Je n'ai pas entendu Delilah parler d'amies sur qui elle pouvait compter, et Daphné est unique en son genre. Elle pourrait mettre un coup de pied dans les couilles de n'importe quel gars sans la moindre hésitation. Mes frères et moi l'avons un peu trop bien préparée à l'assaut des mecs qui allaient la poursuivre en grandissant.

Delilah se tourne vers moi en se tenant la poitrine.

— Tu ferais ça ? bredouille-t-elle.

— Bien sûr.

Je préférerais rester à la maison pour m'amuser avec elle, mais je garde ça pour moi. Delilah se jette sur moi et passe ses bras autour de mon cou.

— Merci, Lucio, murmure-t-elle en se tenant sur la pointe des pieds, sa bouche si proche de la mienne que je pourrais l'embrasser.

Je lui rends son étreinte, me délectant de la sentir dans mes bras. Même si nos bouches se touchent presque, je ne l'embrasse pas. Daphné est trop occupée à nous regarder et je ne veux pas que notre premier baiser se passe devant toute ma famille, encore moins devant Daphné.

— Viens, lui intime cette dernière en attrapant Delilah par la main pour la tirer vers la cuisine. Je vais te présenter à tout le monde.

— Vas-y, fais-je à Delilah en la voyant hésiter et attendre ma permission.

— Tu es déjà mordu, hein ? me demande Angelo, mon frère aîné, une fois les filles hors de portée de voix.

— Je crois, marmonné-je en me frottant la nuque,

incapable de quitter Delilah du regard. En tout cas, je sais que je ne veux pas qu'un autre mec la touche.

— À toi de jouer pour la remporter alors ! me dit-il comme si c'était la chose la plus naturelle au monde.

— Mec, Delilah n'est pas un prix de loterie.

— À en juger par ta façon de la regarder, on dirait que tu as tiré le gros lot.

Ses mots me laissent abasourdi. Je n'ai jamais regardé quelqu'un de la manière dont je regarde Delilah, ça c'est sûr, mais je dois dire que je n'ai jamais eu de copine non plus. Je suis plutôt le genre de mec qui couche à droite et à gauche. Pas parce que je suis un playboy ou un connard, mais parce que j'ai vu si longtemps mon père lutter pour rester fidèle que j'avais peur d'être un peu comme lui.

— Elle a un enfant, mec.

— Où est-ce que tu veux en venir ? Je suis sûr que tu as déjà couché avec des mamans.

Je n'ai pas envie de lui dire que je ne sais même pas si c'est le cas, parce que je n'ai jamais pris la peine de les connaître suffisamment pour le savoir.

— Oui, sûrement.

Angelo pose sa main sur mon épaule pour me sortir des conneries de grand frère.

— Eh bien, je pense que tes jours de débauche sont comptés, petit frère.

Je laisse échapper un long soupir car je sais qu'il dit vrai.

— Merde, ça pourrait mal tourner.

Angelo s'esclaffe, me serrant l'épaule encore plus fort cette fois.

— C'est peut-être la plus belle chose qui t'arrivera dans ta vie.

— Dit le mec sans attaches, marmonné-je.

— Je pense que c'est à cause de papa que tu es comme ça. On a tous peur de s'engager à cause de la façon dont il se comportait quand on était gosses, mais il n'est plus comme ça maintenant, et nous non plus.

— Pas facile de tromper sa femme quand on est derrière les barreaux, rappelé-je à Angelo.

— Ça fait longtemps qu'il a arrêté. Je pense qu'il a eu peur que maman finisse par le tuer dans son sommeil s'il continuait à faire des conneries.

— Il s'est enfin assagi ; et je n'ai aucun doute sur le fait que Betty aurait pu le liquider.

— Johnny s'en serait chargé pour elle, affirme Angelo.

— Le mec ne s'est jamais remis du fait qu'elle a choisi papa plutôt que lui, acquiescé-je en jetant un coup d'œil à ma mère, qui tient toujours Lulu dans ses bras.

Angelo se place devant moi pour me bloquer la vue et s'assurer qu'il a toute mon attention.

— Si cette fille te plaît, fais en sorte qu'elle soit à toi.

— Ça a l'air si facile présenté comme ça.

Est-ce vraiment aussi simple ? La vie va déjà être compliquée. Avec Delilah qui habite au-dessus de chez moi, et qui va travailler dans mon bar, rien ne va être facile. Nos vies vont être si entremêlées que je doute qu'une relation soit vraiment judicieuse. Mais comme je l'ai déjà dit, je n'ai jamais été connu pour ma capacité à prendre les meilleures décisions.

La seule chose dont je suis sûr c'est que je veux Delilah. Depuis le peu de temps qu'elle est entrée dans ma vie, je n'ai pensé à rien ni à personne d'autre. Rien d'autre n'a d'importance à part elle et Lulu.

Je veux qu'elles soient en sécurité.

Je veux qu'elles soient heureuses.

Je veux qu'elles soient avec moi.

— Je vois bien que la guerre fait rage dans ta tête, remarque Angelo en me poussant d'un coup de coude pour me tirer de ma rêverie. Arrête de réfléchir et agis. Si tu ne le fais pas, je le ferai, moi.

— Espèce de bâtard, dis-je dans un sifflement en sachant pertinemment qu'il essaie de me pousser à bout, et que ça marche.

Il ricane en me tapant dans le dos :

— Je suis un motivateur.

— Un branleur, plutôt.

— Attention, sinon le branleur ira niquer une mère.

Je le déteste.

CHAPITRE 9
DELILAH

LES GALLO n'ont rien à voir avec ma famille.

Quand j'étais petite, les repas se passaient dans le silence ; seuls les adultes avaient le droit de parler entre eux. Une fois mon assiette terminée, je devais rester assise et attendre que mes parents aient fini de manger avant de pouvoir sortir de table.

La famille de Lucio est tout le contraire : ils n'arrêtent pas de parler. Non seulement cela, mais plusieurs personnes parlent en même temps, ce qui m'empêche de suivre la moindre conversation. Je passe plus de temps à essayer de me souvenir des prénoms et des particularités de chacun, essayer de parler est inutile.

J'ai demandé à Lucio de me parler de ses frères et sœurs avant d'arriver chez sa mère. Quand ils sont venus déposer toutes les affaires hier, j'étais bien trop sous le choc pour enregistrer quoi que ce soit. Et puis ils sont partis aussi vite qu'ils sont arrivés, me laissant à peine l'occasion de les saluer.

Angelo, le frère aîné, est aussi grand que Lucio ; pas aussi monstrueusement imposant, mais nullement petit. Ses yeux, d'une belle nuance de bleu glacé, sont mis en valeur par sa peau mate et ses cheveux bruns. Il a l'air plus sérieux que les autres, mais c'est peut-être à cause de tout ce qu'il a traversé, notamment perdre sa femme et devenir un parent isolé.

Vinnie, le plus jeune frère Gallo, est très prétentieux et probablement un vrai tombeur. C'est l'enfant prodige et le quarterback vedette qui a gagné le championnat d'État trois années de suite au lycée. Même s'il est en partie propriétaire du bar, il est absent la plupart de l'année - bien qu'il revienne parfois le week-end. Il est aussi beau que ses frères, mais il a conservé un air de jeune garçon qui lui donne un côté innocent, alors qu'il est totalement le contraire.

Daphné a deux ans de plus que Vinnie. Elle est très directe, dit ce qu'elle pense et ne se laisse pas marcher dessus. Soit elle vous aime, soit elle ne vous aime pas, et elle n'hésite pas à le faire sentir.

— Qu'est-ce que tu en penses, Dé ? me demande Daphné.

Je suis si perdue que je n'ai pas la moindre idée de ce qu'elle veut savoir. Elle me regarde et je remue sur mon siège, sentant le poids de son regard.

— Je suis d'accord, dis-je pour ne pas montrer que je n'écoutais pas.

J'essaie de prêter attention du mieux que je peux à chaque conversation autour de la table mais j'échoue misérablement.

— Ah bon ? demande-t-elle d'un air choqué.

Je réalise alors que je suis dans la merde. J'obtiens confirmation quand Lucio se tourne vers moi, les sourcils haussés, et me demande :

— Tu veux vraiment faire ça ?

Je les regarde l'un après l'autre.

— Y a un truc qui m'échappe ?

— Pas mal de peau, répond Daphné avec un sourire diabolique en mettant une fessée dans le vide. Et des tonnes de muscles, meuf… et ce p'tit cul !

— Je crois qu'elle doit travailler, intervient Lucio pour me sauver de quelque chose qui n'a pas l'air amusant du tout, même si je ne lui ai rien demandé.

Je trouvais les strip-teaseurs amusants avant d'avoir Lulu. Mais désormais, la simple idée d'un groupe d'hommes en train de tournoyer à poil ne me paraît pas aussi intéressante ou excitante qu'une sieste, étant donné mon état actuel d'épuisement.

— Oui, et j'ai entendu dire que le patron est un vrai connard, ajouté-je pour tenter d'être drôle, en jetant un regard de côté à Lucio tout en faisant rebondir Lulu sur mes genoux.

Le fait qu'il réponde à ma place aurait dû m'énerver, mais ça ne m'a pas dérangée. Rester assise à me bourrer la gueule en regardant des hommes à moitié nus ne m'enchante pas autant qu'une soirée au calme à la maison, seule avec Lucio. Mais je sais que je me fais des illusions. Les danseurs et Lucio ont une chose en commun : ils ne sont pas du genre à se caser avec une mère célibataire.

— Ça, c'est pas faux, s'esclaffe Daphné. Mais l'autre patronne, celle qui est belle…

Elle se montre du doigt avant d'ajouter :

— Elle dit que tu peux prendre une soirée de congé.

Il semblerait qu'à un moment ou un autre, Daphné et moi soyons devenues meilleures amies. La femme derrière le comptoir du bar n'a rien à voir avec celle qui est assise en face de moi aujourd'hui. Peut-être qu'au travail, elle est une autre version d'elle-même, dure à cuire et inflexible. La Daphné Gallo assise à la table de sa mère est un amour. Soit ça, soit elle essaie de m'attirer des ennuis.

— Elle doit s'occuper de son bébé, rétorque Lucio à Daphné, comme si je n'étais pas dans la même pièce qu'eux, qui plus est : assise à côté de lui.

— Je suis sûre que maman voudra s'occuper de Lulu, réplique Daphné avant de regarder sa mère en attendant une réponse.

Alors que je me dis que c'est peine perdue, Betty répond :

— Même si j'adore déjà Lulu, j'ai quelque chose de prévu samedi prochain.

Tout le monde se tait dans la pièce et se tourne vers elle, bouche bée. C'est la première fois depuis que j'ai franchi la porte qu'il n'y a plus le moindre bruit.

Vinnie secoue la tête comme s'il ne croyait pas ce qu'elle vient de dire.

— Qu'est-ce que tu vas foutre samedi, Maman ? demande-t-il, déposant enfin son téléphone à côté de son assiette. Tu ne sors jamais le week-end.

Avec son couteau, Betty pique le poulet dans son assiette en faisant mine de ne pas avoir entendu la question, sans pour autant oser regarder qui que ce soit.

— Maman, insiste Angelo en tapant sur la table devant elle. Où est-ce que tu vas samedi ?

— J'ai des plans, répond-elle entre deux bouchées.

— Des plans ? interroge Daphné en haussant l'un de ses sourcils parfaitement épilés et en s'enfonçant dans sa chaise, les yeux rivés sur sa mère. Tu n'as jamais de « plans ».

— J'ai une vie aussi, ma chérie, se défend Betty, dont le visage se fige soudainement. Lâchez-moi. C'est la fin de la discussion. Je ne peux pas m'occuper du bébé. Delilah devra rester à la maison.

Je ne sais pas pourquoi, mais je suspecte Betty de n'avoir absolument rien de prévu le week-end prochain. Je me souviens de ce qu'elle avait dit à Lucio. On dirait qu'elle veut nous pousser dans les bras l'un de l'autre, et pour l'instant, ça a l'air de fonctionner.

— D'accord, soupire Daphné en jetant sa serviette sur son assiette.

— Merci de me l'avoir proposé, ça me fait plaisir, lui dis-je, en essayant de cacher ma joie de ne pas pouvoir y aller, bien que j'en sois soulagée.

— De rien, réplique Daphné avec un sourire en se redressant et en repoussant ses longs cheveux bruns derrière son épaule. On fera ça un autre week-end.

Le bref silence s'évapore, et tout le monde se remet à parler sans que personne ne s'acharne à questionner Betty.

— Sinon, Delilah, as-tu de l'expérience en tant que serveuse ? demande Angelo depuis l'autre bout de la table.

Je baisse les yeux vers le visage souriant de Lulu et hésite à mentir pendant une seconde, mais je sais qu'il va s'en rendre compte dès que je vais commencer à travailler.

— Non. Est-ce que c'est gênant ?

— Non, ce n'est pas grave.

Il me signale d'un geste de la main que c'est sans importance, et esquisse un demi-sourire, avant d'ajouter :

— Je serais ravi de te montrer les ficelles du métier.

Je jette un coup d'œil à Lucio, assis à côté de moi, mais il dévisage son frère sans me porter la moindre attention.

— C'est moi qui vais former Delilah, s'empresse-t-il de déclarer.

— Si tu penses y arriver, répond Angelo avec malice en soutenant le regard de son frère. Je sais à quel point tu détestes former les nouveaux employés.

Lucio plisse les yeux, et ne me regarde toujours pas.

— Ça fait quatre ans que nous n'avons pas eu de nouvel employé.

— Les gars, interrompt Vinnie en pointant ses deux pouces vers lui-même. C'est moi qui vais former la nouvelle meuf.

Il me fait un clin d'œil, et Angelo lui décoche immédiatement un coup dans le thorax du revers de la main.

J'ai un peu envie de rire parce que Vinnie est

adorable, mais la façon dont Angelo et Lucio se fusillent du regard me donne envie d'aller me cacher sous la table.

— Je ne veux pas poser problème, murmuré-je en sentant un malaise s'installer au creux de mon estomac.

Toujours sans me regarder, Lucio pose sa main sur la mienne.

— Tu ne poses aucun problème. J'ai envie de te former.

— Je suis sûr qu'il n'y a pas que ça donc tu as envie, marmonne Vinnie dans sa barbe avant de se faire à nouveau châtier par Angelo et son revers, cette fois un peu plus violemment.

— Delilah, m'interpelle Betty, brisant au passage le silence gênant et changeant rapidement de sujet, tu veux qu'on aille promener Lulu ensemble ?

Lucio retire sa main de la mienne aussi vite qu'il l'a posée.

— Bien sûr, fais-je en essayant de cacher la tristesse dans ma voix.

— Les gosses vont nettoyer, dit-elle avec un sourire, tandis que les « gosses » se mettent à grommeler. Je vais d'habitude me promener avec les enfants d'Angelo après le repas, mais ils sont avec leurs autres grands-parents aujourd'hui.

— C'est trop mignon.

Mes parents n'ont jamais emmené Lulu en prome-nade. C'est à peine si mon père la prenait dans ses bras, et ma mère ne l'a même jamais rencontrée. J'ajoute :

— Ils doivent adorer ça.

J'envie les personnes autour de cette table. J'aurais renoncé sans hésiter au luxe de mon enfance si j'avais pu avoir ne serait-ce que le quart de leur système d'entraide et de soutien mutuel. Tout l'argent du monde ne vaut rien sans amour. Je le sais d'expérience, parce que mes parents m'ont toujours refourguée à des nounous et à des internats durant mon enfance et mon adolescence. Même quand ils étaient physiquement présents dans ma vie, ils n'étaient jamais vraiment là.

— Lucio, tu peux aller chercher la poussette ? lui demande sa mère.

Lucio se lève en même temps que moi et son regard croise enfin le mien. Il me demande :

— Tu veux que je vienne ?

— Non, reste là et repose-toi, lui dis-je.

Il avait l'air plein d'espoir avant que je lui réponde, mais je suis égoïste sur ce coup-là : je veux passer un peu de temps seule avec sa mère, car j'aurais adoré avoir la même.

— Je te promets de bien me comporter, le rassure sa mère.

Lucio n'a pas l'air convaincu.

— Je pense que je devrais venir. Pour m'assurer que vous êtes en sécurité.

Il fait un pas en avant, mais sa mère pose sa petite main au milieu de son torse géant pour l'arrêter.

— Tu restes là. Laisse-la un peu respirer, mon fils. Laisse-moi faire.

Elle dit cela comme si je n'étais pas dans la pièce en train d'écouter toute la conversation. Cela semble récurrent dans cette famille. Je ne sais pas si c'est parce que je suis la nouvelle ou juste parce qu'ils aiment se donner des ordres les uns aux autres, mais ça commence à me rendre un peu folle.

— Delilah, et si je te montrais où on range la poussette au cas où tu voudrais la réutiliser ? s'enquiert Lucio en me faisant signe de le suivre.

Je jette un coup d'œil à sa mère.

— Merveilleuse idée, je vais vite aller chercher mon chapeau.

Elle sourit en me poussant vers l'escalier où m'attend Lucio.

— Donne-moi cette douce enfant, ajoute-t-elle en me prenant Lulu des bras avant même que je puisse faire un pas.

Nous ne parlons pas tandis que je le suis à travers le bar, puis dans un couloir jusqu'au cagibi, où je suppose qu'ils rangent la poussette.

Avant même que je franchisse la porte, Lucio passe ses bras autour de moi et m'attire contre lui, jusqu'à ce que nous soyons collés l'un à l'autre.

— Je suis désolé, déclare-t-il alors qu'il se penche en avant et me regarde dans les yeux avec une telle intensité que mes genoux commencent à défaillir.

— Désolé pour quoi ? demandé-je tandis qu'il approche sa bouche de la mienne.

Ma voix est si faible que je ne suis pas sûre qu'il m'ait entendue, d'autant qu'il ne me répond pas tout de suite.

— Pour ça.

Il pose ses lèvres douces et pulpeuses sur les miennes et me serre encore plus fort ; j'en ai le souffle coupé. Il caresse ma lèvre inférieure de sa langue et je renverse la tête en arrière, pour m'offrir à lui. À cet instant, alors que nos langues s'entremêlent, je suis sûre d'une chose : il avait raison.

Il vient bel et bien de causer ma perte.

CHAPITRE 10
LUCIO

— JE N'ARRIVE PAS TROP à déchiffrer l'expression sur ton visage, me lâche Daphné alors que je me tiens debout derrière le bar, en train de regarder la salle pleine de clients.

Je sais exactement où elle veut en venir. J'ai l'impression d'errer dans un brouillard depuis que j'ai embrassé Delilah, mais je ne pensais pas que cela se remarquerait. J'aurais dû me douter que Daphné ne me lâcherait pas, et se mêlerait de ce qui ne la regarde pas.

Je remplis une pinte à la pression, en quête d'occupation.

— Ferme-la, Daphné.

Je marche à l'autre bout du comptoir pour échapper au regard inquisiteur de ma sœur, mais elle me suit.

— Elle te plaît vraiment cette fille, pas vrai ?

Je pose la pinte de bière devant Johnny, avant de me retourner pour lui faire face. Je sais qu'elle ne va pas lâcher l'affaire. Cela n'a jamais été le style de ma sœur, surtout quand il s'agit de ses frères et de nos vies amoureuses.

— Oui, avoué-je en me retournant pour lui faire face, tout en croisant les bras sur mon torse.

— Mmm, marmonne-t-elle en secouant doucement la tête. Je ne savais pas que tu l'avais en toi.

Mes muscles se contractent et je me mets instantané-ment sur la défensive.

— Que j'avais quoi ?

— Le gène de l'amour.

Elle me donne un coup de poing taquin dans l'épaule et ricane avant d'ajouter :

— Je crois que c'est la fin du monde, ça y est.

— Je ne suis pas amoureux, Daphné. Je viens juste de la rencontrer.

Ce n'est peut-être pas encore le cas, mais je pourrais facilement tomber amoureux de Delilah. Ma mère avait raison sur une chose : Delilah est plus stable que la plupart des femmes avec qui je suis sorti. Elle en demande peu, et même si elle est née avec une cuillère en argent dans la bouche, les petites choses semblent la rendre heureuse.

— Tu es un peu trop sur la défensive.

Je lève les yeux au ciel tout en m'éloignant d'elle, coupant court à la conversation. Mais Daphné n'est pas prête à laisser tomber. Elle me suit, et manque de s'en-castrer la tête dans mon dos quand je m'arrête brus-quement.

— Qu'est-ce que tu fabriques ? demandé-je en tentant de garder mon calme tandis que je la fusille du regard par-dessus mon épaule.

Daphné me contourne pour venir se planter devant moi ; me bloquant ainsi le passage vers l'arrière-salle, elle agite son doigt devant mon visage :

— Tu as déjà couché avec elle, n'est-ce pas ?

— Bien que ça ne te regarde absolument pas : non, je n'ai pas couché avec elle.

Je ne sais pas pourquoi je lui réponds. Elle n'a pas besoin de savoir tout ce qui se passe dans ma vie. Travailler ensemble nous a déjà énormément rapprochés en tant que frère et sœur, ce que je n'aurais jamais deviné lorsque j'ai accepté d'acheter le bar avec eux.

Daphné recule en se tenant la poitrine comme si elle venait d'apprendre une nouvelle choquante.

— Non ? Oh. Mon. Dieu. Alors c'est vraiment la fin du monde.

— Arrête d'être mélodramatique.

Je la pousse sur le côté et avance d'un pas raide en direction du bureau.

— Tu couches avec tout le monde, Lucio. Elle est sous ton toit depuis plus de vingt-quatre heures et tu ne te l'es toujours pas tapée. Ça ne peut vouloir dire qu'une seule chose.

— Pas un mot de plus, menacé-je alors que Michelle, la meilleure amie de ma sœur et notre meilleure serveuse, entre dans le bureau juste après nous.

— Qu'est-ce que vous foutez tous les deux ? demande-t-elle.

Elle met les mains sur les hanches, nous lançant à

l'un puis à l'autre un regard perçant, avant de désigner la porte d'un signe de tête en ajoutant :

— Le bar est plein de clients qui attendent d'être servis.

Daphné agite sa main dans ma direction.

— Lucio n'a toujours pas couché avec Delilah, révèle la traîtresse sans répondre à la question de Michelle.

Ma sœur prétend que je couche avec tout le monde mais ce n'est pas vrai. Je n'ai pas couché avec Michelle alors qu'elle est super sexy et carrément mon style. Elle est bien trop liée à ma sœur pour que je puisse ne serait-ce qu'envisager de coucher avec elle. Il y a quelque chose dans cette idée qui me dégoûte depuis toujours.

Michelle hausse les sourcils et entre dans le bureau, oubliant au passage tous les clients en train d'attendre et à propos desquels elle était venue nous avertir.

— Oh, dis-m'en plus.

— Toutes les deux : dehors ! leur intimé-je en les chassant vers la porte.

Elles reculent à l'unisson en se jetant un regard avant d'éclater de rire.

— Quelqu'un en pince grave, me taquine Daphné en donnant un coup de coude à Michelle au niveau du bras.

— Dehors ! répété-je en les poussant vers le couloir, j'ai besoin d'un moment de solitude pour me remettre les idées en place.

Je rentre tôt à la maison, laissant Daphné et Michelle faire le ménage car elles n'ont pas voulu me lâcher la grappe. Je rentre sur la pointe des pieds et découvre Delilah assise sur les marches qui mènent à son appartement, adossée contre le mur et profondément endormie. Elle ne bouge pas d'un cil lorsque la porte claque et que je ferme le verrou. Elle est si paisible, si belle quand elle dort ; bien qu'elle ne semble pas le moins du monde à son aise dans cette position.

Delilah marmonne quelque chose quand je la soulève et sa tête retombe sur mon torse, ce qui m'empêche de comprendre ce qu'elle dit. Je suis tenté de la porter jusqu'à mon lit, mais on risquerait de ne pas entendre Lulu pleurer, alors je décide de l'emmener à l'étage.

Je suis passé d'une vie insouciante à complexe, à l'instant même où Delilah est entrée dans mon bar. Je ne suis pas du genre à tourner le dos à un de mes amis dans le besoin, mais avec des inconnus, c'est une autre histoire. Non pas que je sois un connard sans cœur, mais j'ai trop de choses à gérer au quotidien pour m'investir fortement auprès de quelqu'un que je ne connais pas.

Si elle avait été seule, j'aurais peut-être réagi différemment, mais je ne pouvais pas leur tourner le dos, à elle et Lulu. Cette dernière est innocente dans toute cette situation, et d'après ce que j'ai vu, Delilah aussi. Mais pour être honnête, je n'aurais probablement pas tourné le dos à Delilah non plus, car j'ai un faible pour les belles femmes, et surtout celles en détresse.

Ma mère a souvent dit que j'attirais les filles folles,

mais il y a une raison derrière ça : elles sont inoffensives. Je n'ai jamais peur de tomber amoureux d'une fille qui est à deux doigts d'être internée.

Delilah n'est pas inoffensive ; pas pour mon cœur, du moins. C'est donc quelque chose d'effrayant pour moi, en plus d'être un terrain totalement inconnu.

— Lucio, chuchote Delilah lorsque je l'allonge sur le lit.

— Chut, murmuré-je alors qu'elle s'étire. Rendors-toi, chérie.

Je m'attends à ce que ses mains relâchent mon cou, mais Delilah resserre sa prise.

— Allonge-toi avec moi, implore-t-elle.

À cet instant précis, je ne peux pas refuser. Je me faufile sous la couverture et m'installe face à elle. Elle se blottit contre moi, écrasant à nouveau sa tête contre ma poitrine. Je ne sais pas où mettre mes mains, car je ne la connais pas assez bien pour les poser sur les endroits que j'aimerais toucher. À la place, je pose une main au creux de ses reins et me sers de l'autre pour soutenir ma tête.

— Comment s'est passé le travail ? demande-t-elle en écartant la tête de mon corps et en levant vers moi ses yeux somnolents.

— Ça a été. Tu vas bien ?

Elle a l'air plus triste que d'habitude, mais elle acquiesce :

— Oui. C'est juste que la nuit a été longue ; Lulu n'a pas arrêté de pleurer.

— Elle est malade ?

— Non elle était juste grognon, grommelle Delilah. Dieu merci, elle dort maintenant.

Elle ramène ses mains entre elle et moi, puis entrelace ses doigts dans mon t-shirt pour s'accrocher fermement à moi. Ses seins se pressent contre moi alors qu'elle se décale, et je sais que quoi que je fasse, mon corps va réagir à cette sensation.

Je rapproche mon visage pour enfouir mon nez dans ses cheveux, reconnaissant l'odeur du shampoing pour bébé à la lavande que ma mère lui a donné après le repas de famille.

— Est-ce que je peux faire quoi que ce soit pour te faciliter les choses ?

Elle lève les yeux, s'agrippant plus fermement à mon t-shirt.

— Embrasse-moi, murmure-t-elle.

Je ne sais pas à quelle réponse je m'attendais, mais j'aime bien la façon dont elle me prend au mot. Je ne suis pas sûr que l'embrasser à nouveau facilitera quoi que ce soit, mais je sais que c'est l'option qui me paraît la plus séduisante.

J'approche mes lèvres des siennes sans hésiter, mes yeux rivés sur les siens, tandis que nos respirations se font plus intenses et plus haletantes.

J'ai du mal à garder mon sang-froid quand ma bouche s'écrase contre la sienne pour la seconde fois depuis que je l'ai rencontrée. La sensation de ses lèvres n'est pas moins spectaculaire et époustouflante que la première fois que je l'ai embrassée.

Elle passe ses bras autour de mes épaules et m'attire

au-dessus d'elle tandis que je lui mordille la lèvre, ce qui attise son désir et le mien au passage. Elle laisse échapper un petit gémissement, ce qui réduit quasiment à néant ma résolution d'y aller doucement.

Je glisse une main sous son t-shirt, rencontrant sa peau douce au niveau de sa taille. Je lutte contre moi-même pour laisser mes doigts à cet endroit car je n'ai qu'une envie : débarrasser son corps et le mien de ce tissu qui nous sépare, et ainsi anéantir tout obstacle entre nous. Dans la chambre, seul résonne le bruit de ses lèvres contre les miennes, et ce son est purement paradisiaque.

— J'ai envie de toi, murmuré-je contre ses lèvres.

Mon Dieu, je la désire comme jamais je n'ai désiré personne auparavant. Mais la retenue est essentielle avec une fille comme elle. Une mère célibataire doit être traitée avec des gants de velours. Et le fait qu'elle soit ma colocataire rend les choses encore plus compliquées. Je sais que si on s'engage sur cette voie, on ne pourra plus revenir en arrière.

Ses doigts m'empoignent les cheveux pour maintenir mon visage et mes lèvres collés à elle. Je n'allais pas partir, pourtant : à ce stade, plus rien ne peut m'empêcher de prendre ce qu'elle a à donner.

Alors que je glisse ma langue le long de sa lèvre inférieure, je sens sa douceur en même temps que je la goûte.

Sa langue rencontre la mienne et provoque des ondes de choc dans tout mon organisme, ce qui semble dissiper le brouillard dans lequel j'ai eu le sentiment d'errer le plus clair de la journée.

Je ne sais pas ce qui m'a traversé l'esprit quand je l'ai embrassée au bar ; en réalité, c'était le vide dans mon esprit. J'ai laissé mon corps prendre le dessus et c'est ce qui est en train de se passer à nouveau. Je sais que je ne devrais pas la toucher, mais je ne peux pas m'en empêcher.

— J'ai envie de toi, moi aussi, dit-elle avant d'enrouler ses jambes autour de mon dos, ce qui achève de faire disparaître la lueur de résistance et de bon sens qui me restait.

Je l'embrasse avec plus d'ardeur, exalté par sa réponse ponctuée de petits gémissements, et par la façon qu'elle a de resserrer l'étreinte de ses jambes autour de moi, plaquant mon membre contre elle.

Elle a envie de moi. J'ai envie d'elle.

Cela devrait être facile, mais je n'ai aucune idée de ce qu'il va se passer.

Au moment même où je m'apprête à passer à l'action, Lulu commence à pleurer dans la chambre d'à côté. Pendant un moment, nous ne nous arrêtons pas, comme si une force invisible nous maintenait l'un contre l'autre, puis nous finissons par nous séparer lorsque les pleurs de Lulu s'intensifient. Je roule sur le côté en regardant le plafond, ma queue dure comme de la roche et palpitante de désir.

— Je suis désolée, se lamente Delilah en quittant le lit.

— Ne le sois pas, dis-je alors qu'elle sort de la chambre pour aller chercher Lulu.

Lulu vient peut-être de m'empêcher de commettre une grosse erreur. Je ne veux pas coucher avec Delilah simplement parce que je suis excité, et aussi parce qu'elle est à peine réveillée. Je veux que ce soit le bon moment, que les sentiments soient au rendez-vous. Quand ça arrivera, on ne pourra plus revenir en arrière.

Je sais déjà que je ne veux pas qu'elles partent et ne plus jamais les revoir, mais je n'arrive pas à surmonter la crainte qui m'a hanté toute ma vie : celle d'être comme mon père. Je dois à Delilah et à Lulu de ne pas aller plus loin, avant d'être certain que je puisse être l'homme dont elles ont toutes les deux besoin.

CHAPITRE 11
DELILAH

C'EST OFFICIEL.

Je vais être la pire serveuse au monde.

— Encore une fois, dit Lucio alors qu'il s'installe dans un coin au fond du bar, prenant place dans son rôle de simple client.

Lucio a été très patient avec moi. Après avoir réservé l'après-midi pour me former, il ne s'est pas plaint une seule fois. Mais je sais que je suis mauvaise. « Mauvaise » est loin d'être assez approprié pour décrire le niveau de médiocrité avec lequel je prends et sers les commandes. C'est facile de porter un plateau quand il est vide, mais après y avoir ajouté quelques boissons, je suis une vraie catastrophe ambulante, sans le moindre équilibre.

Heureusement, le bar est presque vide. Il y a quelques habitués qui traînent, mais ils sont trop occupés à se disputer à propos de politique pour remarquer à quel point j'échoue misérablement.

Je me retourne pour essayer de retrouver ma contenance, avant de lui faire face avec un sourire bienveillant. J'ai déjà renversé trois boissons et fait tomber le plateau une demi-douzaine de fois.

— Bonsoir, monsieur, que puis-je vous servir ? lancé-je, changeant au passage le script que nous avons déjà répété plus d'une centaine de fois.

— « Bonsoir monsieur » ? demande-t-il en haussant un sourcil.

J'abandonne l'air sérieux que j'avais réussi à garder jusqu'ici.

— Quoi ? dis-je en haussant les épaules. Ça me semblait bien, non ?

— Delilah, regarde autour de toi.

Il agite sa main au-dessus de la table, en direction des quelques types assis sur les tabourets près du bar.

— Qu'est-ce que tu vois ?

Je jette un œil par-dessus mon épaule.

— Des mecs.

— Quel genre de mecs ?

— Des habitués, je suppose.

— Oui, mais est-ce qu'ils ont l'air d'être le genre de personne à qui dire : « Bonsoir monsieur » ?

Je baisse les yeux vers le sol et je frappe le bois massif du bout du pied.

— Heu, non.

— Ce n'est pas un club privé et les hommes qui viennent là ne portent ni costume ni cravate. Sois décontractée.

Je hausse les épaules et soupire. J'ai mal aux pieds et je m'agace moi-même.

— Vous voulez boire quoi ?

Lucio se couvre la bouche mais je sais qu'il ricane. Les mots qui sortent de ma bouche sont si étrangers que je ne peux pas m'empêcher de glousser moi aussi.

— C'est déjà mieux que « Bonsoir monsieur ». Reste toi-même.

Je retourne dans mon rôle, suivant son conseil d'être décontractée et de rester moi-même.

— Alors, vous voulez boire quoi ? J'ai pas toute la journée, m'sieur.

— Je vais prendre un Gin Tonic.

Mon plateau calé sous le bras, j'écris sa commande sur un bloc-notes.

— Pourquoi pas un double pour trois balles de plus ?

— Pas mal et belle incitation à la vente. Va pour un double. Je vais aussi prendre un Sex on the Beach[1] et un Blow Job[2].

Je cligne des yeux plusieurs fois tandis que mon stylo gribouille sur le bloc-notes, mais je n'arrive pas à écrire les mots ni à produire assez de salive pour déglutir sans avoir l'air stupide. Mon visage s'enflamme et je ne peux pas nier que ces deux choses me font très envie, là tout de suite. J'imagine le soleil se refléter sur sa peau bronzée et les vagues éclabousser nos corps.

Je suis tellement absorbée par l'idée de baiser Lucio, que le plateau tombe de sous mon bras et rebondit par terre, me ramenant à la réalité.

— Pardon, tu voulais quoi ?

— Ce sont des boissons, Delilah. Un Sex on the Beach et un Blow Job.

La nuit dernière, on était à deux doigts de faire l'amour quand Lulu a utilisé ses pouvoirs magiques d'enfant pour stopper net le moment de maman. C'était sûrement pour le mieux, mais je n'arrête pas de penser à ce qui aurait pu se passer et quelles auraient été les répercussions aujourd'hui.

— Oh.

Je suis certaine qu'il entend la déception dans ma voix car Dieu sait que je ne fais aucun effort pour la cacher.

— Je vous amène ça tout de suite.

J'attrape le plateau par terre puis me dirige vers Angelo en m'éventant avec le petit bloc-notes.

Angelo est appuyé contre le bar et me regarde approcher.

— Lucio t'en fait baver ? s'enquiert-il en me souriant avec bienveillance, tandis qu'il interrompt ce qu'il était en train de faire pour me donner toute son attention.

Je secoue la tête, et souffle pour chasser les cheveux tombés devant mes yeux lorsque je me suis baissée pour ramasser le plateau.

— Non, il est super. Je suis juste nulle à ça.

— Tu n'es pas nulle. Donne-toi le temps de t'habituer. Pourquoi ne te débarrasses-tu pas du plateau ? Tu peux aussi laisser le carnet dans ta poche, et ne t'en servir que pour les grosses commandes que tu as peur de ne pas pouvoir mémoriser.

— Je peux faire ça, dis-je en réussissant à sourire tant bien que mal malgré ma gêne. J'espère que je ne vais pas tout foirer ce soir.

— Tu ne vas pas tout foirer. Les inconnus sont plus faciles à servir que quelqu'un que tu connais.

— Lucio me rend nerveuse, laissé-je échapper en regrettant immédiatement d'avoir révélé ce petit bout de vérité.

Les yeux bleu glacé d'Angelo pétillent tandis que son sourire s'agrandit.

— Je pense que c'est réciproque, Dé.

Ce qu'il me dit me rassure. Lucio a tout le temps l'air d'avoir sa vie bien en main, contrairement à moi qui suis un chaos d'émotions.

— Je ne sais pas. C'est plutôt un beau parleur.

Angelo se penche vers moi, effaçant ainsi toute distance entre nous.

— Je vais te dire un petit secret, dit-il, tandis que je me rapproche moi aussi, mourant d'envie de savoir ce qu'il va me dire. Mon frère est un beau parleur mais tu le troubles carrément. Je ne l'ai jamais vu si différent de lui-même en présence d'une femme que depuis que tu as fait ton entrée.

— Mademoiselle ! m'appelle Lucio de l'autre bout de la salle. Ça vient ma boisson ?

— Tu vois, me fait remarquer Angelo en se reculant. Ça lui déplaît même que je te parle ou que je sois si proche de toi.

Je regarde Lucio par-dessus mon épaule, en train de nous observer attentivement, l'air très mécontent.

— J'arrive, monsieur.

Je lui souris mais il ne me rend pas mon sourire.

— Qu'est-ce qu'il a commandé ?

— Un double Gin Tonic, un Sex on the Beach et un Blow Job.

Angelo lève les yeux au ciel et sort trois verres qu'il remplit d'eau.

— Apporte-les sans le plateau, et essaie de ne pas en renverser plus que quelques gouttes cette fois.

Je porte le shooter d'une main et les deux autres verres de l'autre puis j'essaie de marcher vers Lucio le plus délicatement possible.

Il ne me quitte pas des yeux.

— Voilà vos boissons, monsieur, dis-je en les glissant sur la table, sans être mouillée de la tête aux pieds.

— Merci.

Il prend le plus grand verre et l'engloutit comme s'il avait marché à travers le désert pendant plusieurs jours.

— C'était mieux cette fois ?

— Oui.

Il s'essuie la bouche du revers de la main, ses yeux verts toujours rivés sur moi, embrasés. Je résiste à l'envie d'attraper un verre d'eau pour l'avaler d'une traite moi aussi. La façon dont il me regarde me donne envie de ramper jusqu'à ses genoux, puis de le supplier de m'embrasser à nouveau.

— Va prendre le lecteur de carte bleue à Angelo, et essaie d'être rapide cette fois.

Lucio serait-il jaloux de son frère ? Je ne l'aurais

jamais cru du type jaloux ou peu sûr de lui, surtout quand il s'agit de sa famille.

Angelo a déjà posé le lecteur de carte bleue sur le comptoir quand j'arrive vers lui. Il penche la tête mais ne dit pas un mot. Je lui fais un petit sourire sans m'attarder trop longtemps car je sais que la patience de Lucio a déjà atteint ses limites.

Je suis à mi-chemin de la table, lorsque la porte du bar s'ouvre et que retentit le tintement familier de la clochette située au-dessus.

— Je peux vous aider, monsieur ? lance Angelo à la personne.

Je continue d'avancer, ignorant toutes les personnes autour de moi à part Lucio.

— Je suis ici pour voir ma fille.

Je ne peux empêcher le terminal de paiement de me glisser des mains et de s'écraser à mes pieds. Je sens mon visage se vider de tout son sang et tout mon entrain m'échapper lorsque j'entends sa voix.

— Votre fille ? demande Angelo alors que je fais volte-face, les yeux écarquillés, pour découvrir mon père debout vers l'entrée.

— Delilah, fait mon père en courant vers moi, les bras grands ouverts. Dieu merci tu vas bien.

Je recule pour me rapprocher de Lucio et m'éloigner de mon père. C'est la dernière personne que j'ai envie de voir. Mes yeux sont déjà remplis de larmes, ma vision se trouble et je ne parviens manifestement pas à m'éloigner assez rapidement.

Mon père m'attrape par le bras. Je me défais de son

emprise et le fusille du regard.

— Dégage d'ici ! aboyé-je.

Je me fiche bien de faire une quelconque scène ou de qui peut nous entendre. Je me dis que les quelques gars qui boivent des bières à quelques mètres ont dû assister à pire. J'ajoute :

— Tu n'es pas le bienvenu ici.

— Bébé, ne dis pas ça, implore-t-il en essayant de me toucher de nouveau, mais je fais un bond en arrière, et me heurte à un mur de muscles.

— Vous avez entendu la demoiselle. Sortez.

La voix de Lucio est forte et profonde. Il passe un bras autour de ma taille et se place devant moi avant de poursuivre :

— Vous n'êtes pas le bienvenu ici, monsieur Miles.

— Je suis son père. J'ai tout à fait le droit de parler avec ma fille. Ça ne te regarde pas, mon garçon. C'est une affaire de famille.

Mon père à l'air normal, habillé dans l'un de ses plus beaux costumes ; ses yeux sont vifs et aucune insulte ne sort de sa bouche. Il est sobre et n'a pas l'air aussi débraillé que la nuit où il m'a virée de la voiture. Donc s'il se met à cracher sa haine, ce sera le fruit d'un esprit clair et non pas sous le coup de l'alcool.

J'attrape le t-shirt de Lucio par-derrière et me cache le visage en essuyant mes larmes avec mon autre main. Je ne veux pas que mon père me voie pleurer. Il nous a suffisamment fait souffrir Lulu et moi, et je ne veux pas lui donner une autre opportunité de me briser le cœur.

— Une affaire de famille ?

Je ne peux pas voir le visage de Lucio mais tous les muscles de son dos sont contractés, et il y a un léger grondement, presque un grognement, au fond de sa poitrine.

Angelo contourne le comptoir et commence à marcher dans notre direction, lorsque Lucio tend la main pour empêcher son frère d'entrer dans la mêlée.

— Vous avez cinq secondes pour déguerpir avant que je vous jette dehors par la peau du cul, lance Lucio à mon père.

Mon Dieu, j'adore la façon dont ce mec me défend comme personne ne l'a fait auparavant. Mon père aurait toujours dû être mon protecteur, mais il n'a été rien d'autre qu'un cauchemar. J'en ai assez d'être son souffre-douleur.

— Attends, dis-je en tirant sur le t-shirt de Lucio et en levant les yeux vers lui.

Lucio regarde par-dessus son épaule et je remarque de la colère dans ses yeux, bien qu'elle ne soit pas dirigée contre moi.

— Tu veux lui parler ?

— Je dois dire quelque chose, lui expliqué-je, consciente d'avoir besoin de tourner la page et de laisser mon père dans le passé. Laisse-moi faire.

C'est la seule façon d'avancer et de pouvoir repartir à zéro. Le mettre à la porte ne fera que l'inciter à revenir, et la prochaine fois il sera probablement torché.

Lucio hoche la tête et se décale sans plus rien dire ni protester.

— Dehors, ordonné-je sans bouger, en attendant que mon père franchisse la porte le premier.

— Hé, m'interpelle Lucio en me retenant par la main alors que j'esquisse un premier pas. Je ne suis pas loin.

— Merci, dis-je en parvenant à sourire bien que je tremble comme une feuille. C'est quelque chose que je dois faire.

Il lâche ma main et je me dirige vers la porte où m'attend mon père. Il y a de la douleur dans ses yeux, mais c'est toujours le cas après un épisode avec l'alcool, comme l'autre soir. La première chose qu'il va faire c'est me supplier de lui pardonner et promettre d'assister à des réunions, mais cette fois-ci, je ne croirai pas un mot qui sortira de sa bouche de menteur.

Mon père fait les cent pas sur le trottoir devant le bar en se passant les mains dans les cheveux, tandis que je m'adosse contre le mur à proximité de l'entrée.

— Tu voulais parler, alors parle, le sommé-je avant de me mettre à me ronger les ongles sans pouvoir me résoudre à le regarder.

Après avoir été confrontée à son alcoolisme toute ma vie, on pourrait croire que je me suis améliorée pour gérer les lendemains. Je lui ai toujours pardonné par le passé. Je n'ai jamais oublié, mais j'ai toujours trouvé le moyen d'avancer, surtout après avoir appris que j'étais enceinte. Il a fait tellement de promesses, et stupide comme je suis, je pensais qu'il allait mettre sa vie en ordre pour sa petite fille ; mais j'aurais dû me douter que cela n'arriverait pas.

Il s'arrête en face de moi, mais ne me regarde pas dans les yeux.

— Je suis désolé, Delilah, s'excuse-t-il en passant ses doigts à travers sa chevelure parfaitement peignée. Je passais une mauvaise nuit.

— Ça t'arrive souvent.

Ma voix est calme, ce qui est surprenant car intérieurement, je bouillonne de rage.

La douleur dans ses yeux m'aurait probablement touchée il y a une semaine encore mais à présent, debout devant lui, je ne ressens rien.

— Je veux que tu rentres à la maison, implore-t-il.

— Non, rétorqué-je fermement.

Il lève les yeux vers l'immeuble et son visage se tord de dégoût. Je sais ce qu'il pense. Il a toujours pris de haut les personnes qui ne rentraient pas dans son moule de perfection et de richesse.

— Ta place n'est pas ici, tente-t-il d'argumenter en me montrant le bar de la main.

D'un mouvement vif, je m'écarte du mur et m'avance vers lui d'un pas rapide pour lui planter mon doigt en plein milieu de la poitrine.

— Ce que je ne méritais pas c'était d'être jetée à la rue avec ma fille, ta petite-fille, sans le moindre sou. Ce que je ne méritais pas, c'était d'avoir un père narcissique, plus préoccupé par sa prochaine boisson que par sa propre famille.

Cette fois, j'enfonce mon doigt un peu plus profondément car cela me fait du bien, et parce que ma colère gronde avec plus de force et d'ardeur qu'elle ne l'a jamais faite auparavant.

— Ce que je ne méritais pas, c'est d'avoir dû supporter un connard comme toi durant les dix dernières années. Je ne t'ai jamais laissé tomber, Papa.

— Je sais.

— Maman est partie parce qu'elle n'en pouvait plus de tes beuveries, mais moi je suis restée.

Ma colère en pleine ébullition rend ma voix encore plus puissante et je me sens sur le point d'exploser.

— Elle t'a abandonnée, toi aussi, dit-il pour me rappeler que ma mère ne voulait pas se faire chier avec moi, et a choisi le maître-nageur sexy plutôt que nous deux.

— La ferme ! crié-je.

Je le repousse avec mon doigt, et il ne réplique pas.

— Je ne vais pas rentrer à la maison avec toi parce que ça n'a jamais été plus qu'un refuge. Il n'y a pas d'amour entre nous. Tu te fous de Lulu et de moi. Tu as été très clair là-dessus quand tu nous as abandonnées ici.

— J'ai besoin de toi, rétorque-t-il.

Mais je ne crois pas un mot de ce qu'il raconte.

— Engage une domestique. Je suis certaine que quelqu'un pourra tolérer tes tirades alcoolisées contre suffisamment d'argent. J'ai passé assez de temps à gérer ta violence verbale et je ne veux pas exposer ma fille à ça.

Il recule en essayant d'échapper à mon doigt, mais je le poursuis.

— Si tu te sens vraiment mal, remets l'argent sur

mon compte. Ce n'est pas le tien. C'est le mien et celui de Lulu. Si tu t'inquiètes vraiment pour nous, tu feras au moins en sorte que son futur soit assuré.

Il me dévisage et j'aperçois une lueur d'émotion sur son visage, sans pouvoir toutefois dire s'il s'agit de tristesse ou d'autre chose. Mon père n'a jamais été du genre à partager ses émotions, à moins qu'il ne soit sous l'emprise d'une bouteille de vodka.

— C'est aussi mon compte, argue-t-il comme s'il se justifiait de m'avoir volé la somme de plus d'un million de dollars qu'on m'avait léguée.

Je retire mon doigt de sa poitrine et fais un pas en arrière en le fusillant du regard.

— Parce que j'avais moins de dix-huit ans quand ma grand-mère est morte. Ce n'est pas le tien.

— Rentre à la maison et je te rendrai l'argent. Ou bien tu peux rester là et tu verras ce que c'est de devoir survivre par soi-même.

— Je préférerais vivre dans la rue que de retourner vivre sous le même toit que toi. Contrairement à toi, ma fille est ma priorité.

— Ne sois pas stupide, Delilah, ces gens-là ne sont pas comme toi, raille-t-il tandis que ses traits se tirent. Je t'ai élevée mieux que ça.

Il désigne à nouveau le bar d'un geste de la main.

— Ces « gens-là » comme tu dis, ont été plus gentils envers moi en quelques jours que toi en dix ans. Je préfère que Lulu soit au contact de personnes qui la couvrent d'amour plutôt que de quelqu'un qui lui jette de l'argent en espérant gagner son affection.

— Tu couches déjà avec l'un d'entre eux ?

Il me dit des mots familiers, mais cette fois, il a tort.

— Va-t'en, Papa. Ne me cherche plus. Oublie mon existence.

— Tu seras toujours une pute comme ta mère. Ta bâtarde de fille sera toujours là pour te le rappeler. Je suis désolé de ce qu'il s'est passé, mais je vois que tu n'as pas une once d'indulgence au fond de ton cœur. Tu ne vaux pas mieux qu'elle.

Ces mots sont censés me blesser, mais ils ne veulent plus rien dire pour moi. Je ne suis absolument pas comme ma mère, ni comme mon père. Lulu sera toujours ma priorité. Je ne la laisserai jamais avoir le sentiment d'être moins que la petite fille formidable qu'elle est ; et je ferai en sorte qu'elle ne soit jamais entourée de personnes qui lui veulent du mal.

Liens du sang ou pas, personne n'aura à nouveau ce pouvoir sur elle, ou sur moi.

Je regarde sur le côté et je vois Lucio en train de jeter un coup d'œil depuis l'angle de l'immeuble. Je secoue la tête pour lui signifier de partir. Je sais qu'il aimerait accourir à mes côtés pour se débarrasser de mon père, mais cela m'empêcherait de prononcer les mots que j'espère lui dire pour la dernière fois. J'ai besoin de ce moment. Je veux des adieux définitifs et ne plus lui laisser de chance de revenir.

— Au revoir, Papa, dis-je en lui tournant le dos. Ne reviens pas. Nous ne sommes plus ni ton problème, ni ta famille.

Je l'entends me maudire tandis que je franchis la

porte du bar. Les quelques personnes à l'intérieur retournent rapidement à leurs sièges ; il est évident qu'ils ont écouté la conversation et pointé le bout de leur nez dans mes affaires.

Mon visage s'empourpre et je me sens horriblement gênée. Alors que je m'apprête à courir jusqu'aux toilettes pour me cacher, les hommes du bar se mettent à m'applaudir.

— Bien joué, petite, me félicite l'un d'eux en me donnant un petit coup sur l'épaule quand je passe près de lui.

— T'as des couilles, gamine, renchérit un autre en penchant la tête. Laisse-moi t'offrir un verre.

— Non, non. Merci

Je souris et ricane à moitié parce qu'ils sont contents et adorables, bien qu'un peu étranges.

La tristesse que j'aurais ressentie auparavant n'est plus là. Je ne regrette pas les choses que j'ai dites à mon père ni le fait que je l'ai fait sortir de ma vie une bonne fois pour toutes. Je n'en pouvais plus d'être comme un tapis sur lequel il pouvait s'essuyer les pieds dès qu'il avait l'impression que sa vie ne se passait pas comme il le souhaitait. Il a des problèmes, et je ne serai pas là pour le regarder foutre sa vie en l'air.

pour un travail de cueillette, les roses et les autres
informations nécessaires à leur usage. Il est en effet
utile une chose à comprendre là-dedans? [...] c'est le
suivre [...] sans me fatiguer.

Mon voyage s'interrompt par la me suis profondément
gêné, alors que je m'approche à peine, et insupportable
[...] indiffé[...] pour pocachet, les indiffé[...] en but sa raison a
la répétition.

— Bien tôt, pourquoi, lui dit-il, lui trouve ma
maman ce n'est rien en France une personne tant
délire.

— Tu dis souffles bonne pour une pause sûrement à
pendant la vie, laisse-moi t'offrir un verre.

— Oui, oui, merci

Le sourire et résolu à décidé parce qu'il soit encore
si abominable bien qu'un peu fatigué.

Je m'aperçus que j'aurais trouvé la chose et que j'avais
plus [...] ne répond pas à chose — que l'on n'a pas trop
peu de marque le fait but suite de ma vie que je ma
[...] pour toujours, je n'en pouvais plus d'une certaine en
[...] sur lequel il n'y a [...] ou sa part de [...] ce que déjà
ayant limpides ? une si vie ne se passait pas comme il
[...] la maintenant. Il n'a des problèmes, c'est ne sont pas la
pour le regarder faire sa vie là où il est.

CHAPITRE 12
LUCIO

— JE LA RAMÈNE à la maison un moment, annoncé-je à Angelo tandis que Delilah court jusqu'aux toilettes, sûrement pour pleurer toutes les larmes de son corps.

— Prends tout le temps dont tu as besoin. Delilah a besoin de toi, acquiesce-t-il en désignant le bar à moitié vide d'un signe de tête. On ne va pas avoir beaucoup de monde ce soir, et Michelle arrive bientôt.

— Dis à Maman que je viendrai récupérer Lulu plus tard.

— Prends ton temps, lance ma mère alors qu'elle descend les escaliers, tenant Lulu d'un bras. J'ai entendu tout ce qu'a dit ce vilain bonhomme. Ramène la pauvre petite à la maison et ne la laisse pas sortir tant qu'elle ne se sentira pas prête. Ce genre de paroles ne quitte pas l'esprit d'un enfant, quel que soit son âge.

— Je sais, Maman.

Mon père n'a peut-être pas été le meilleur des partenaires, mais il a été un excellent père. Toujours gentil et patient, même quand on ne le méritait pas forcément. Élever quatre enfants n'a pas dû être facile pour mes parents, mais aucun d'eux ne nous a jamais donné le sentiment qu'il s'agissait d'une difficulté ou d'une contrainte.

Ils ne nous ont jamais, au grand jamais – et qu'importe le nombre de fois où on a merdé – parlés de la façon dont le père de Delilah vient de lui parler.

— Fais en sorte qu'elle retrouve sa plénitude, mon bébé, dit ma mère en m'embrassant sur la joue.

Je caresse du bout du doigt la pommette toute douce et potelée de Lulu, horrifié à l'idée qu'elle puisse un jour entendre des mots si cruels.

Elle ajoute :

— Lulu et moi nous entendons très bien. Nous allions partir en promenade. Maintenant, au travail : il y a une femme qui a besoin de toi, là-bas.

Lorsque j'entre dans les toilettes pour m'assurer que Delilah va bien, je la trouve assise par terre, adossée au mur.

— C'est un vrai connard, déclare-t-elle dès qu'elle me voit, sans la moindre larme sur le visage. Je suis désolé que tu aies dû assister à ça.

Je m'assois près d'elle, mon épaule contre la sienne.

— Ne sois jamais désolée.

— Je suis tellement énervée que j'ai envie de taper sur quelque chose.

Je pousse son épaule et lui montre mon torse.

— Tu peux me taper si ça te fait du bien.

Elle me jette un coup d'œil couplé à un petit rire.

— Tu es la dernière personne que j'ai envie de frapper, Lucio.

— Tu ne me feras pas mal, lui assuré-je en me martelant la poitrine pour lui prouver ma solidité.

— Je ne peux pas, répond-elle.

— Tu te sentirais mieux pourtant.

Je suis certain que ses coups me feraient à peine tressaillir. Delilah est si petite et ses mains si délicates, que je ne suis même pas sûr qu'elle puisse cogner plus fort qu'une fillette.

— Ne sois pas ridicule.

— Partons d'ici alors, dis-je en me levant et en lui tendant la main, dans l'espoir qu'elle me prenne au mot et me laisse l'aider à se détendre un peu.

Elle glisse sa main dans la mienne sans hésiter et je l'aide à se relever.

— Et le travail ?

Je secoue la tête et l'attire fermement entre mes bras.

— Pas de problème, je connais le patron.

Elle rit doucement et pose sa tête contre mon buste.

— Je ne sais pas comment te remercier.

— Chut, lui intimé-je en posant mes lèvres sur son front. Ne me remercie pas. Ce n'est pas comme si j'avais fait quoi que ce soit d'héroïque.

— Tu t'occupes mieux de moi que mes propres parents.

— C'est parce que je veux te baiser, plaisanté-je, bien que ce ne soit pas entièrement faux.

Je veux plus que ça avec Delilah. Je vois bien plus en elle que l'opportunité d'une bonne partie de baise. Je vois un futur. Je vois une femme forte, gentille, et prête à prendre des risques plutôt que de s'incliner devant le bon vouloir de quelqu'un contre une tonne de fric.

Elle me donne un coup sur le torse pour rire.

— Ne fais pas le connard.

— Mais c'est pas facile. Parfois tu me facilites tellement la tâche que cet aspect de moi ne peut que s'exprimer.

Elle lève vers moi son doux visage et ses yeux pleins de bienveillance.

— Tu es vraiment quelqu'un de bien, Lucio.

— Ne le dis à personne. Je ne veux pas ruiner ma réputation par ici.

Elle lève les yeux au ciel et se met sur la pointe des pieds pour essayer de rapprocher son visage du mien. Je prends ses joues dans mes mains et pose mes lèvres contre les siennes. Il n'y a rien de sauvage dans ce baiser. Je ne me précipite pas, car il ne s'agit pas là de désir mais bien d'émotion.

— Je serai à tes côtés, Delilah, lui juré-je. Quoi qu'il arrive. Je ne te tournerai jamais le dos.

— Pourquoi es-tu si gentil avec moi ? demande Delilah, ses yeux bleus rivés sur moi tandis que j'emporte la vaisselle jusqu'à l'évier.

— Pourquoi je ne serais pas gentil ?

Delilah hausse les épaules et joue avec la serviette devant elle.

— Les personnes de ta famille doivent être les seules personnes que j'ai rencontrées qui sont sincèrement gentilles sans rien attendre en retour.

Je me penche sur le plan de travail pour observer la femme qui se tient devant moi, celle qui a été mise à terre mais refuse de s'avouer vaincue.

— Peut-être que c'est un piège et que je vais secrètement te vendre à un réseau d'esclavage sexuel quand tu t'y attendras le moins.

— Arrête de faire le con. Je suis sincère, Lucio. Les gens ne sont pas juste charitables sans raison.

— Peut-être pas là d'où tu viens. Mais ici, les gens ont tendance à être bienveillants et à s'entraider. C'est pour ça que je ne suis jamais parti de ce quartier.

Elle soupire.

— Je me demande ce que ça aurait été de grandir comme toi. Avec des parents aimants, des frères et sœurs et des personnes sympas. Je suppose que c'était génial.

— Ne te méprends pas, il y a aussi de vrais connards ici ; mais je ne regrette jamais d'où je viens. Je suis fier de venir des quartiers sud.

Elle se lève et contourne l'îlot central pour venir me faire face.

— Est-ce que tu m'aimes bien, Lucio ? demande-t-elle à brûle-pourpoint.

— Oui, acquiescé-je honnêtement tandis qu'elle

avance entre mes jambes. Je pensais que c'était assez clair.

— Est-ce que tu m'aimes bien comme une amie ou...

Je pose mon doigt sous son menton pour la forcer à lever vers moi ses yeux braqués au sol.

— Je veux être plus que ton ami, Delilah. Je n'ai pas pour habitude d'embrasser mes amies.

— Merci, dit-elle en collant son corps contre moi, exerçant une pression contre ma queue.

Je glisse ma paume le long de sa joue, en passant mon pouce sur la bordure inférieure de sa lèvre.

— Pourquoi ?

— Pour ça, déclare-t-elle en s'avançant, tout comme je l'avais fait lors de notre premier baiser.

Et tout comme cette première fois, je me retrouve le souffle coupé. Je lui avais dit que j'allais causer sa perte, mais en réalité, c'est elle qui m'a anéanti. Changé pour toujours. Il n'y a pas de retour en arrière possible. Aucun autre baiser dans toute l'histoire des baisers n'est comparable à ceux de Delilah Miles.

Je l'attrape par la taille et la soulève dans les airs pour l'asseoir sur le plan de travail avant de lui écarter les jambes.

— J'ai envie de toi, murmuré-je contre ses lèvres, refusant de passer ne serait-ce qu'un instant éloigné de leur saveur délicieuse.

Ses doigts se fraient un chemin sous mon t-shirt et ses ongles griffent la peau tendre au niveau de mes côtes.

— J'ai besoin de toi, gémit-elle tandis que je mordille sa lèvre inférieure.

Mes yeux sondent son regard, cherchant le moindre signe d'hésitation, mais ses yeux bleus brûlent de désir. Mes pouces se glissent sous la bordure de son t-shirt, puis sur sa peau douce jusqu'à l'élastique de son jean ; je la sens tressaillir. Je l'embrasse avec encore plus d'ardeur, tout en essayant de me concentrer sur quelque chose pour ne pas lui arracher son t-shirt et aller trop vite. Je veux savourer chaque millimètre de son corps et profiter de chaque recoin, de chaque courbe révélant le goût de sa chair et la douceur de sa peau.

Mais quand elle descend ses mains le long de mon ventre et les glisse sous la ceinture de mon boxer, je perds le contrôle. Ses doigts rencontrent le bout de ma queue, implorant qu'on s'occupe d'elle.

— Oh mon Dieu, murmure-t-elle en retirant sa main, les yeux baissés. Est-ce que c'est…

— Un piercing, bébé.

— Je n'ai jamais…

— Je suis sur le point de t'éblouir.

— Il faut que je voie ça, dit-elle en se laissant glisser de l'îlot, et arrachant mon boxer au passage. Sa tête contre le placard, elle regarde mon paquet qui s'agite devant elle, espérant qu'elle ne se contente pas que de le regarder.

— Je peux le toucher ?

Fier comme un coq, j'exhibe mon membre en espérant comme un fou qu'elle kiffe mon piercing.

— Autant que tu veux, acquiescé-je avec un sourire

en caressant ses cheveux, me retenant d'attirer ses lèvres jusqu'à ma bouche.

Elle promène le bout de son doigt sur le piercing en métal, et son ongle griffe ma peau extra-sensible. J'inspire profondément et ferme les yeux, me balançant vers l'avant, comme aimanté par la sensation de ses doigts.

— C'est incroyable, chuchote-t-elle.

Son souffle chaud glisse sur mon gland, et transforme la palpitation en un désir insoutenable.

— Tu le sens ?

— Mon sexe ? demandé-je en emmêlant mes doigts dans ses cheveux, et en priant pour qu'elle utilise sa bouche.

— Non, le piercing. Ça te fait quelque chose ?

— Ça va tirer un peu quand je serai en toi, mais tu vas avoir plus de sensations que moi grâce à ça.

Elle lève les yeux vers moi, les lèvres entrouvertes.

— Je vais le sentir ?

— Tu veux essayer pour savoir ? dis-je en remuant les sourcils, en espérant que la partie discussion de la soirée soit terminée.

Elle se lèche les lèvres et je sens mes genoux défaillir. Elle attrape mes fesses d'une main, plante ses ongles dans ma peau et me retient comme si elle savait que j'allais tomber.

— C'est tellement...

Elle se rapproche jusqu'à ce que je sente la chaleur de sa peau.

— Tellement brillant.

Je me fiche qu'elle trouve que ça étincelle comme la

Statue de la Liberté le jour de la fête nationale, tant que ça la rend heureuse et que ça ne l'effraie pas. Entre la taille de ma queue et mon piercing, j'ai déjà vu plus d'une femme sortir de chez moi presque en larmes.

— Touche-le encore, lui dis-je. Explore autant que tu veux.

Je fais le connard, mais mon Dieu, je suis tellement excité que je suis à deux doigts de la jeter par terre, d'arracher son jean et d'enfoncer ma queue dans ses replis moites.

Elle s'avance et je retiens ma respiration, les yeux fermés. Je ne peux pas regarder. Je ne peux pas bouger. Je suis trop excité pour faire quoi que ce soit d'autre que de rester planté là, en attendant qu'elle…

Putain. Sa langue tire sur mon piercing, envoyant des décharges électriques à travers toute ma chair. Chaque muscle de mon corps se crispe, et pendant une seconde, je ne peux plus respirer. Quand ses lèvres se referment autour de mon gland, je vois des explosions de couleurs derrière mes paupières, comme si j'avais trouvé le paradis sur Terre. Je suis tellement excité que je sais que je ne tiendrai pas longtemps, et je ne veux pas que ça se termine avant d'avoir eu l'opportunité de vraiment commencer.

Je l'attrape par les épaules pour la relever jusqu'à moi, et la chaleur de sa bouche me manque à l'instant même où ses lèvres se retirent de mon gland.

— J'ai besoin de te goûter, lui dis-je en soulevant son t-shirt.

Elle lève les bras et je le fais glisser avec aisance

par-dessus sa tête, révélant un soutien-gorge en dentelle blanche et une paire de seins parfaite. J'en ai l'eau à la bouche. Mes mains me démangent ; j'ai envie de sentir le poids de ses seins dans mes paumes, mais je veux explorer son corps avec ma bouche, et l'entendre me supplier de la pénétrer avec mon chibre.

Je fais glisser les bretelles de son soutien-gorge le long de ses bras et elle me regarde, respirant à peine. Elle met ses mains devant son ventre et fait la grimace.

— Qu'est-ce qu'il y a ? demandé-je, ne voyant rien d'autre que de la perfection.

— J'ai des vergetures.

Elle ferme les yeux, et j'encercle son visage de mes mains, car je veux qu'elle sache ce que je ressens.

— Bébé, regarde-moi, lui intimé-je en attendant qu'elle ouvre les yeux. Je ne vois rien d'autre qu'un terrain de jeu construit pour moi. Ne cache pas ce que je meurs d'envie d'explorer.

Je tombe à genoux et retire ses mains, dévoilant les petites lignes le long de son ventre. Ces mêmes lignes qui ont un jour maintenu Lulu au creux de ses entrailles. Ce ne sont pas des cicatrices mais des médailles d'honneur… un rappel qu'elle a donné la vie.

— Elles sont magnifiques, déclaré-je en m'avançant pour embrasser l'extrémité de la ligne la plus grande.

Elle enroule ses doigts dans mes cheveux et soupire :

— Tu ne les trouves pas horribles ?

Mes lèvres glissent le long de son ventre en suivant les lignes, tandis que je gémis d'admiration devant la douceur de sa peau. Elle est parfaite, quelle que soit sa peau.

— C'est comme mes tatouages, lui dis-je, ma tête à hauteur de son ventre et les yeux levés vers son regard bleu. Elles sont le souvenir d'une expérience de vie. Elles ont du sens. Ce ne sont pas des cicatrices. Ce sont des symboles de vie.

Cette fois, elle ne tente plus de les cacher tandis que je promène ma langue le long de sa peau, me délectant de son goût salé et sentant son désir. Incapable d'attendre plus longtemps, je déboutonne son pantalon, avant de le baisser en même temps que sa culotte ; elle lève les jambes pour que je lui retire, puis je les jette tous deux à l'autre bout de la pièce.

Elle est nerveuse. Je le vois dans ses yeux.

— Dis-moi que tu as envie de moi, l'imploré-je, car j'ai besoin de me l'entendre dire encore une fois.

— J'ai envie de toi, Lucio, m'assure-t-elle sans l'ombre d'un doute.

Je la tire vers moi, et pose ses fesses sur le bord du plan de travail, ce qui me donne une vue parfaite sur son magnifique sexe luisant. Elle se penche en arrière, les mains à plat pour se préparer.

Je lève une main et lui caresse le sein ; j'aimerais avoir plus de temps, mais je sais ce dont elle a besoin et comment lui faire du bien. Mon pouce effleure son téton et elle tend sa poitrine vers moi.

Je commence à saliver, et me passe la langue sur les lèvres. Il n'y a rien de plus beau qu'une Delilah nue et bouillante de désir. Je m'avance, la tête entre ses jambes, suffisamment près pour qu'elle puisse sentir mon souffle chaud contre sa peau.

Elle se balance en avant, m'implorant silencieusement de lui offrir ma bouche. Je lui donne ce qu'elle veut, et fais glisser ma langue le long de ses lèvres humides.

— C'est si délicieux, putain.

Mes mots la font gémir. Je tire doucement sur ses tétons, le visage enfoui entre ses jambes, aspirant son clitoris. Sa douce saveur salée explose dans ma bouche, ce qui ne manque pas de durcir mon membre encore davantage. La façon dont elle gémit mon nom quand je lui donne des petits coups de langue m'excite totalement.

Je dévore sa peau ; sans relâche, j'offre toute ma bouche à la partie de son corps qui en a le plus besoin, jusqu'à ce que ses doigts s'agrippent au bord du comptoir et qu'elle presse son intimité contre mon visage. Elle pousse des cris et des gémissements, tandis que son corps tremble de plaisir.

— Putain ! laisse-t-elle échapper avant de basculer la tête en arrière, projetant ses seins encore plus en avant.

Je ne lâche rien. Je n'arrêterai pas de la lécher tant qu'elle ne sera pas languissante et à bout de souffle.

— Mon Dieu, dit-elle en s'humectant les lèvres, les yeux toujours fermés.

J'embrasse sa vulve une dernière fois avant de remonter le long de son corps et de positionner mon sexe entre ses jambes.

— Capote, ordonne-t-elle en ouvrant brusquement les yeux.

— Bien sûr, répliqué-je en farfouillant dans l'un des tiroirs près de nous. Elle me regarde d'un drôle d'air mais ne me demande pas pour quelle fichue raison je garde des préservatifs dans la cuisine.

J'arrache l'emballage d'un coup de dents avant de la placer délicatement sur le bout de ma queue, en prenant garde à ne pas déchirer le latex avec mon piercing. Elle attrape mon visage et écrase ses lèvres contre les miennes pour mettre fin à toute conversation. Lorsqu'elle écarte les jambes et appuie ses chevilles contre mes fesses, je comprends que j'ai la permission de m'enfouir au plus profond d'elle.

Je sens ses jambes se raidir au moment où je glisse le bout de mon membre et mon piercing en elle. Elle gémit dans ma bouche et je jurerais que mes yeux se révulsent presque. J'y vais lentement, un peu plus profondément à chaque impulsion, jusqu'à ce qu'elle m'enfonce en elle et se frotte contre moi.

Alors que je me retrouve enfoui profondément en elle, je réalise que je ne serai plus jamais le même.

CHAPITRE 13
DELILAH

— EST-CE que tu te sens mieux aujourd'hui, ma chérie ? demande Betty en me prenant Lulu des bras avant même que j'aie pu faire trois pas dans sa cuisine.

— Bien mieux, merci.

« Mieux » est loin d'être suffisant pour décrire ce que je ressens. Après m'être réveillée aux côtés de Lucio, emmêlée dans un amas de draps, de bras et de jambes, je me sens bien au-delà de « mieux »… J'ai l'impression d'être une femme nouvelle.

— Je me faisais du souci pour toi, après la visite de ton père.

Elle me fait signe de m'asseoir et j'obtempère, car je ne suis pas folle au point de la contredire. Elle ajoute :

— Même si tu as géré ça comme une pro, je voulais m'assurer que tu allais bien.

— Je me suis entraînée toute ma vie.

Je pensais me réveiller ce matin avec un sentiment affreux après tout ce qu'il s'est passé, mais ce n'est pas le cas. Pour la première fois depuis longtemps, j'ai de l'espoir. Je sens un vent de liberté que je n'avais jamais ressenti auparavant. Je ne marche plus sur des œufs à longueur de journée, en attendant la nouvelle tirade alcoolisée de mon père.

Elle s'assoit en face de moi en berçant Lulu d'avant en arrière.

— Excuse-moi de te demander ça, mais pourquoi es-tu restée si longtemps ?

Je m'adosse à ma chaise, en essayant de comprendre pourquoi je suis restée si longtemps.

— Je me suis déjà posé cette question des millions de fois.

— Nous faisons tous ce que nous pensons être juste sur le moment, ma chérie. Ne sois pas trop dure avec toi-même.

— Je ne voulais pas l'abandonner comme ma mère nous a abandonné tous les deux. Au début, j'étais trop jeune pour partir. Et puis je suis restée quand j'étais à l'université parce que je n'étais presque jamais à la maison de toute façon, donc je m'en fichais. Il buvait quand même, mais je ne pouvais pas être son souffre-douleur quand je n'étais pas là.

Elle hoche la tête mais reste silencieuse en m'écoutant vider mon sac. Son regard n'est pas empreint de jugement et je me sens à l'aise pour lui parler. Elle n'a été que générosité et gentillesse, prenant soin de moi comme personne de ma famille ne l'avait fait auparavant. Alors je continue de parler, car je me dis que j'aurais bien besoin de conseils maternels pour savoir quelle direction prendre désormais, et si c'est bien vers la bonne que je me dirige.

— Quand j'ai appris que j'étais enceinte de Lulu, mon père m'a promis qu'il allait changer si je restais avec lui pour élever sa petite-fille. Il est resté sobre pendant toute ma grossesse, et m'a accompagnée à tous mes rendez-vous médicaux après que le père de Lulu s'est tiré.

Betty laisse échapper une exclamation de surprise.

— Il est parti comme ça ?

J'acquiesce d'un signe de tête.

— Je ne l'ai plus jamais revu, et il n'a jamais essayé de me contacter. Dwight ne vaut pas mieux que mon père, mais au moins il m'a donné une fille magnifique et m'a laissée en paix.

— C'est une petite merveille, dit Betty en se penchant pour embrasser le front de Lulu. Ce bébé mérite tout l'amour et tous les baisers du monde.

Je souris et continue de parler pour ne pas me mettre à pleurer en pensant à tout l'amour dont Lulu a déjà été privée.

— Mon père est resté sobre pendant les quelques mois qui ont suivi sa naissance. Mais petit à petit, il passait d'un verre à deux, puis il s'enfilait une bouteille entière. Bizarrement, son tempérament colérique n'est pas revenu en même temps que son alcoolisme. Pas au début, du moins ; mais la semaine avant qu'il ne me jette à la rue, il était devenu très agressif et était rarement sobre.

— Quelque chose avait changé ? demande-t-elle.

— Oui.

Je m'arrête et me mordille la lèvre inférieure, alors que je me rappelle l'offre d'emploi en Californie pour la première fois depuis plusieurs jours.

— Un peu de thé ? me propose-t-elle avant que je puisse répondre.

— Avec plaisir, dis-je en me réfrénant de lui demander du whisky à la place.

J'aurais bien besoin d'un verre, mais je ne me suis jamais servi de l'alcool comme d'une béquille ou comme d'un moyen de me détendre. Je ne voulais pas finir comme mon père, et je connaissais assez l'alcoolisme pour savoir que, comme on pourrait s'y attendre, c'est héréditaire.

Elle porte Lulu sur une hanche comme si elle avait fait ça toute sa vie puis attrape la théière d'une seule main avant de la remplir.

— Nous ne sommes pas obligées de continuer à en parler, dit-elle tandis qu'elle allume la gazinière et que la flamme vient lécher le dessous de la théière.

— Ça va. Je veux en parler.

— Je ne veux pas que tu te sentes mal à l'aise.

— Tout ce que tu as toujours fait, c'est faire en sorte que je me sente à l'aise et accueillie, Betty.

Elle s'adosse au comptoir et Lulu attrape ses perles.

— J'adore vous avoir ici.

— J'étais partie de la ville quelques jours avec Lulu, pour un entretien d'embauche sur la côte Ouest.

— Oh.

Elle hausse fortement les sourcils ; je sais que je

n'avais pas partagé cette information auparavant. Betty semble avoir de grands projets pour Lucio et moi. Et même si j'apprécie l'idée et que je pourrais probablement être heureuse ici pour le restant de mes jours, je ne suis pas sûre que ça marchera sur le long terme.

— Et après notre départ, il a commencé à boire de plus en plus. Il appelait au milieu de la nuit, en criant et en m'insultant parce que je l'avais laissé seul.

Je soupire, car les mots cinglants que mon père a enchaînés au téléphone résonnent encore dans mes oreilles.

— La veille du jour où on devait rentrer, il est allé à une réunion et a promis qu'il allait reprendre sa vie en main.

— Les gens font de grandes promesses quand ils sont dos au mur, mais ils s'en souviennent rarement dans les moments plus ordinaires. Ce sont pourtant les plus importants.

— En effet, acquiescé-je en hochant la tête. Quand il est venu nous chercher à l'aéroport après un long vol, je ne pensais pas qu'il serait ivre, sinon je ne serais jamais montée en voiture avec lui. Mais après avoir roulé en zigzag sur plusieurs pâtés de maisons, j'ai compris qu'il était trop ivre pour conduire. Il n'a même pas pu tenir sa promesse vingt-quatre heures et venir nous chercher sobre.

— Je suis désolée, ma chérie.

Si seulement mon père pouvait ressembler à Betty Gallo, ne serait-ce qu'un peu. Mais même dans ses meilleurs moments, il ne peut pas rivaliser avec l'amour et le charme de cette femme.

— Il n'a pas seulement mis nos vies en danger ce soir-là, il a aussi entièrement vidé mon compte en banque et m'a complètement coupé les vivres.

Elle soulève la théière, la retire du feu et la pose sur un brûleur éteint dès qu'elle se met à siffler.

— Earl Grey ? demande-t-elle.

Je hoche la tête. D'une main, elle apporte deux tasses à thé ornées de petites fleurs roses, et les pose sur la table avant de prendre la bouilloire ainsi que deux sachets de thé.

— Est-ce que tu veux de la crème et du sucre ?

— Oui, si tu en prends.

N'ayant jamais été une buveuse de thé, je ne connais pas le protocole pour le déguster, mais je vais suivre Betty.

— Et le job sur la côte Ouest ? m'interroge-t-elle en versant de l'eau chaude dans les tasses tout en me regardant.

— On m'a proposé un poste dans une entreprise de divertissement. Bien que ce soit pour les débutants, c'est parfait pour quelqu'un comme moi. Mais je ne peux pas accepter.

— Pourquoi pas ?

Elle fait tomber deux morceaux de sucre dans ma tasse avec un soupçon de lait, avant de procéder de la même manière avec la sienne ; mais ses yeux sont posés sur moi et je sens le poids de son regard.

Je tire sur le sachet de thé, et j'attends qu'elle s'assoie avant de continuer. Lulu est trop occupée à jouer avec son collier pour se soucier du fait que je sois dans la même pièce qu'elle. C'est agréable qu'elle se sente enfin à l'aise dans les bras de quelqu'un d'autre, car d'habitude elle ne quitte pas les miens.

— Sans l'argent de mon compte en banque, je n'ai pas les moyens de déménager et de me contenter du petit salaire qu'ils allaient me donner pour commencer.

Elle penche la tête sur le côté.

— C'est la seule raison ?

Je fronce les sourcils, les yeux rivés sur mon thé.

— Je ne sais pas, Betty.

— Et mon fils ? lance-t-elle.

— Il est plutôt génial, avoué-je sans pouvoir refréner le sourire niais qui s'affiche sur mon visage.

Elle place sa main sur la mienne.

— Il t'apprécie vraiment, Delilah. Je connais Lucio, et de tous mes enfants, c'est celui qui a le plus grand cœur. Il est parfois dur à déchiffrer, mais quand il aime, il aime de tout son cœur.

— Personne n'a jamais pris soin de moi comme il le fait, déclaré-je.

Avant de rentrer de Californie, je voulais accepter le travail, mais quelque chose m'en avait empêché. J'avais demandé un peu de temps pour réfléchir ; ils avaient accepté et m'avaient laissé une semaine pour prendre ma décision. La seule raison pour laquelle j'avais postulé, c'est parce que je voulais m'éloigner aussi loin que possible de mon père ; et maintenant qu'il n'était plus dans le paysage, j'avais du mal à m'imaginer déraciner ma vie et partir tout recommencer à l'autre bout du pays.

— Lucio n'est jamais tombé amoureux. Il a toujours eu si peur d'être comme son père que ça l'a empêché d'ouvrir son cœur ; mais il est différent à tes côtés.

— Tu n'es pas la première personne à me dire ça.

— Angelo ? devine-t-elle.

— Oui.

— C'est le seul de mes enfants à avoir déjà connu l'amour, mais quand sa femme est morte, je pense que ça a effrayé tout le monde. Ils étaient déjà sceptiques à propos de ma relation avec Santino. Mais après Angelo, qui avait trouvé une personne qui le rendait heureux – avant qu'elle ne décède à son tour – plus personne n'a voulu prendre ce genre de risque.

— Est-ce que tu regrettes d'être avec Santino ? demandé-je, bien que ça ne me regarde strictement pas.

Elle soupire en reposant sa tasse de thé.

— Non. Même si notre amour n'a pas été tous les jours facile, je n'ai jamais regretté une seule fois d'être avec lui. Comment aurais-je pu ?

Elle berce doucement Lulu dans ses bras avant d'ajouter :

— Il m'a fait quatre magnifiques enfants.

— Est-ce que tu as déjà voulu partir ?

— Bien sûr. Je pense que dans une relation, il y a toujours un moment où on pourrait partir. C'est parfois plus facile que de régler le problème et de construire une fondation encore plus solide.

— Mais il est en prison, n'est-ce pas ?

Je tire la grimace à l'instant où les mots m'échappent, puis ajoute :

— Ça ne me regarde pas.

— Santino va être en prison un bout de temps encore, mais je n'ai jamais songé à le quitter pour ça, ni pendant l'interminable procès que tous les journaux et toutes les chaînes d'informations de la ville ont relaté.

Soudainement, je fais le rapprochement et réalise pourquoi le nom de Gallo m'était si familier. Le procès de Santino Gallo était l'un des plus gros faits-divers il y a quelques années. Beaucoup de personnes de Chicago affirmaient que le crime organisé était mort et qu'il n'y avait plus de mafia ; mais après l'arrestation de Santino, ce n'était plus ce que l'on disait.

— Je me souviens maintenant, lui dis-je en rougissant. Je suis désolée.

— Santino a commis des crimes, et il doit payer pour ça. Il savait ce qui allait arriver en menant cette vie-là. Je fermais les yeux sur ses affaires, mais je n'y suis jamais allée de main morte lorsqu'il s'agissait de ses activités extraconjugales.

— C'est ce que m'a dit Lucio.

— Il y a tant de choses que mes enfants ignorent. Ils pensent que j'étais complaisante avec son comportement, mais ce n'était pas le cas. J'ai longtemps cru que Santino était fidèle. Personne n'a envie de croire l'inverse. Mais je n'étais pas stupide non plus. Je sentais le parfum bas de gamme sur ses vêtements quand il rentrait le soir. J'en ai eu marre et j'ai pris le problème en main.

Elle ricane d'une manière qui n'a rien d'adorable.

— Ah oui ?

Elle hoche la tête avec un petit sourire en coin.

— Il savait que s'il voulait conserver ses organes vitaux, il allait devoir laisser les gonzesses derrière lui et apprendre à rester un partenaire fidèle. Je ne voulais pas le quitter mais je n'étais pas contre le torturer un peu. Il connaît mon caractère mieux que personne, et il est revenu à la raison après une petite opération de persuasion.

— De persuasion ?

Je déglutis, m'étranglant presque sur le mot. Je ne suis pas sûre de vouloir savoir jusqu'où Betty est allée pour dompter son homme.

Elle tapote ma main, toujours en train de rire.

— Il faut garder certaines choses secrètes, ma chérie.

— Tu as raison, murmuré-je. Tu es une personne formidable, Betty.

— Delilah, si tu veux aller en Californie nous le comprendrons, me rassure-t-elle.

Même si je sens qu'elle est sincère, elle ne me semble pas convaincue.

— Vraiment ?

— Je ne serais pas contente, mais je te laisserais partir. Même si j'adorerais te voir avec mon fils et te recevoir à ma table avec ce petit bout de chou toutes les semaines. Mais tu dois faire ce qui est le mieux pour toi et ta petite.

— Betty, dis-je en couvrant sa main de la mienne et

en la serrant. Pour être honnête, je ne me suis jamais sentie aussi complète et heureuse qu'ici ; avec Lucio, toi, et toute la famille.

Mes paroles lui redonnent le sourire.

— Est-ce qu'il le sait ?

Je secoue la tête, car je ne le savais pas moi-même avant de prononcer ces mots.

— Je ne crois pas.

— Si tu veux aimer mon fils, aime-le vigoureusement, mais n'attends pas trop pour le lui dire.

— Tu ne penses pas qu'il est un peu tôt pour aimer un homme que je connais à peine ?

Elle s'esclaffe doucement et secoue la tête.

— J'ai connu Santino presque toute ma vie, mais nous n'étions que des connaissances qui avaient grandi dans le même quartier. Il était plus vieux et j'ai toujours su que c'était un coureur de jupons ; mais après un seul baiser, il m'a demandé de l'épouser.

— Vraiment ?

— Je lui ai dit qu'il était fou. Mais toutes les nuits il venait chez moi, escaladait le toit du perron chez mes parents et frappait à ma fenêtre pour me le redemander.

— Et tu as dit oui ?

— Après trente nuits et sans le moindre rendez-vous, j'ai répondu que j'allais emménager avec lui.

— Emménager avec lui ? m'exclamé-je, bouche bée. Pourquoi tu ne l'as pas épousé ?

— Je savais que le mariage n'était pas pour moi. Je ne sais pas.

Elle hausse les épaules.

— Mais tu portes son nom de famille : Gallo.

— Je suis allée au tribunal pour changer de nom. Je voulais porter le même que celui de mes enfants.

— Pourquoi ne pas simplement l'épouser ?

— Il menait des affaires compliquées. Je savais qu'il allait finir par se faire prendre, puisque tout le monde se fait prendre un jour ou l'autre ; et c'était la meilleure façon de protéger ce qui m'appartenait.

— Tu penses l'épouser un jour ?

— Peut-être. En vieillissant, je commence à regretter de ne pas être sa femme aux yeux de la loi.

— Il n'est pas trop tard, affirmé-je en essayant de l'imaginer en robe de mariée. Il a l'air romantique. Il a réussi à te faire tourner la tête.

— J'étais jeune et stupide. Mais tous les jours, j'attendais que le soleil se couche pour voir Santino apparaître à ma fenêtre. Plus rien d'autre n'importait. Je ne pouvais même pas regarder un autre homme tellement j'étais éprise de lui.

— Alors tu l'as embrassé, et c'était tout ?

— Il m'a poursuivie sans relâche. Personne n'était allé aussi loin que lui. J'avais beau lui dire non, il n'abandonnait pas. Il était naïf et moi aussi, mais parfois le cœur a ses raisons. Il n'y a pas de signification ou de raison à cela. Il ne faut pas trop réfléchir à l'amour, ma chérie. Il faut parfois sauter sans réfléchir.

CHAPITRE 14
LUCIO

— S'IL TE PLAÎT, Lucio.

Daphné me supplie comme si c'était à moi de lui donner la permission.

— Pourquoi tu me demandes ça, à moi ?

Même si je déteste l'idée que Delilah sorte dans un bar et se fasse draguer par Dieu sait qui, je n'ai aucun droit de refuser. Ça ne peut que lui faire du bien de prendre une pause loin de moi et de tout ce qu'il s'est passé.

— Quelqu'un doit garder le bébé, me dit Daphné en battant des cils, consciente de mon incapacité à résister.

Je me montre du doigt en fronçant les sourcils.

— Tu veux que moi, je fasse du babysitting ?

— Ben oui.

Elle lève les yeux au ciel, avant d'ajouter en sachant pertinemment que je ne peux pas refuser si c'est ainsi formulé :

— Fais-le pour Delilah.

— Je n'aime pas ça, lui dis-je en me frottant les yeux avec les mains.

— Pas de strip-teaseurs. Promis.

Elle me montre ses doigts pour que me prouver qu'elle ne les croisait pas, comme si ce geste enfantin signifiait quoi que ce soit.

— Je te fais confiance, Daphné.

— Allez. Je sais que tu l'aimes. Je ne vais pas tout gâcher.

— D'accord, d'accord. Je garderai le bébé. Mais ne vous amusez pas trop non plus.

Daphné se jette à mon cou et me couvre de baisers mouillés. Elle sait très bien que je déteste quand elle fait ça, ce qui ne l'empêche pas de continuer.

— Tu ne le regretteras pas, m'assure-t-elle.

En réalité, je le regrette déjà.

———

— Tu es sûr ? me demande Delilah pour la cinquième fois en enfilant les chaussures à talons que Daphné lui a prêtées.

Elle se penche au-dessus du canapé, son décolleté complètement exposé dans cette position. Elle est élégamment habillée, ce qui est étonnant car c'est à Daphné qu'elle a emprunté sa tenue. Je n'aurais jamais cru que ma sœur possédait autre chose que des vêtements qui ne cachent pas grand-chose ; or, Delilah a réussi à mettre la main sur la seule et unique robe de ce type dans la garde-robe de ma sœur.

— Ça va bien se passer, la rassuré-je sans vraiment répondre à sa question.

Je n'en suis pas vraiment sûr. Passer la soirée avec Lulu devrait être facile, mais pour ce qui est d'imaginer ce qui pourrait se passer au bar, il s'agit d'une autre paire de manches.

— Va t'amuser.

Au moins, elle sera avec Daphné. Ma sœur sait ce que je ressens pour Delilah, et j'espère pouvoir compter sur elle pour s'assurer que les choses ne dérapent pas.

Delilah dépose sur mes lèvres un baiser furtif en attrapant son sac, mais je ne la laisse pas partir si facilement. Je passe un bras derrière son dos pour attirer son corps contre le mien, et l'embrasse avec fougue. Je veux qu'elle sente le poids de mon baiser toute la nuit, et qu'elle se souvienne de qui l'attend à la maison.

C'est peut-être un coup bas, mais je m'en fiche. J'ai couché avec des dizaines de femmes sans jamais me soucier de ce qu'elles feraient après ; mais avec Delilah, c'est différent. Rien que de penser à un autre homme en train de la toucher, j'en ai la chair de poule et le sang qui bouillonne.

Quand je la relâche, ses yeux sont toujours fermés et ses lèvres entrouvertes.

— Je t'attendrai, dis-je.

Elle cligne des yeux et s'humecte les lèvres, ce qui me donne envie de les goûter à nouveau.

— Je ne rentrerai pas tard.

Daphné entre chez moi sans prendre la peine de frapper, comme elle le faisait lorsqu'on était gamins.

Elle ne s'est jamais sentie concernée par les notions de limites et d'intimité, à moins qu'il ne s'agisse des siennes.

— Tu es prête ? demande-t-elle de sa voix enjouée la plus insupportable. Je ne veux pas faire attendre les autres.

— Les autres ?

Je sens mon estomac se nouer.

— Michelle vient aussi, et quelques autres filles du quartier.

— Quelles autres filles ?

— Colleen et Carmen, répond Daphné en jetant des coups d'œil autour d'elle, sachant très bien que ça va m'énerver.

Putain. J'ai couché avec plus de la moitié des femmes qui se réunissent ce soir. Cela pourrait très mal tourner et mettre un terme à notre relation, à Delilah et moi. Je n'ai jamais été un saint et je n'ai jamais prétendu l'être, mais aucune femme n'a envie de se retrouver face à face avec quelqu'un qui a déjà couché avec son partenaire.

— Tu devrais peut-être rester à la maison, suggéré-je en retenant Delilah avant qu'elle ne s'approche trop de la porte d'entrée.

— Fais pas le connard. Elle vient. Elle est déjà au courant pour Colleen et Carmen.

— C'est vrai ? grogné-je en fermant les yeux un instant.

— Il n'y a pas de quoi t'inquiéter Lucio. On a tous eu un passé, me rassure Delilah en souriant. Je me fiche de ce que tu as fait avant que j'arrive. Je suis sûre qu'on va bien s'amuser.

Je ne suis pas certain que la conversation qui s'annonce ce soir puisse être qualifiée « d'amusante ». Je vais être le principal sujet de discussion et ne serai même pas là pour me défendre. Même si Colleen et Carmen sont très gentilles en plus d'être de super bons coups, je ne leur ai pas accordé la relation qu'elles m'ont toutes les deux réclamée.

— Amusez-vous, mais pas trop, lui dis-je.

— Je n'ai jamais été ivre, tu te souviens ?

Elle place sa main sur mon torse et lève ses yeux bleus vers moi, avant d'ajouter :

— Ne t'inquiète pas trop.

Je l'embrasse avec douceur et ma sœur grogne derrière nous, au bord du haut-le-cœur.

— Allez, on y va, s'impatiente Daphné en tapant du pied sur le carrelage en marbre dans l'entrée. On perd un temps précieux.

— Au revoir, chuchote Delilah en retenant ma main aussi longtemps que possible tandis que Daphné commence à la tirer dehors.

Lorsqu'elles sont parties, je regarde autour de moi en me frottant la nuque, me demandant ce que je vais bien pouvoir faire ce soir. Il y a quelques semaines, j'aurais appelé n'importe quel numéro dans mes contacts et trouvé une bombasse avec qui passer le temps pendant quelques heures ; mais depuis l'arrivée de Delilah, c'est hors de question.

Je m'effondre sur le canapé, laissant le volume au

plus bas pour pouvoir entendre Lulu au cas où elle se mettrait à crier. Je n'aurais jamais cru mener ce genre de vie un jour, du moins, pas sans me marier au préalable.

Je fais défiler les chaînes, navigue sur mon téléphone, puis je finis par tellement m'ennuyer que j'écris à quelques-uns de mes potes pour les inviter à venir prendre une bière et manger une pizza. Ils me rappellent tous rapidement qu'ils sont déjà de sortie, trop occupés à vivre la vie que je menais il y a encore une semaine de cela.

Ma vie avant Delilah n'était pas meilleure. Je me suis déjà habitué à entendre ses pas dans l'appartement du dessus, ainsi que les petits pleurs et les rires de Lulu, que j'entends même depuis ma chambre. Je n'avais jamais réalisé à quel point ma vie était vide avant que Delilah ne fasse son entrée.

Mais je n'avais jamais rien fait pour la changer non plus. C'est ça le plus drôle. J'adorais ma vie avant qu'elle n'entre dans le bar. Pas une seule chose que je ne kiffais pas à fond. Mais maintenant, tout ce dont j'ai envie, c'est de passer ma soirée à manger des pizzas par terre avec elle et Lulu. Rien ne me paraît plus parfait ou adorable que quelque chose d'aussi simple.

Au moment où le silence de la maison commence à me peser, Lulu se met à pleurer dans l'autre pièce. Je cours pour aller sortir son petit corps minuscule du berceau.

— Coucou, poupée, murmuré-je en la berçant dans mes bras, tandis que je la tiens fermement contre mon torse. Ne pleure pas, bébé, je suis là.

Je passe les vingt minutes qui suivent à préparer un biberon et à regarder Lulu l'engloutir jusqu'à la dernière goutte, comme si elle n'avait jamais mangé de sa vie. Alors que je me demande où elle stocke tout ça, elle me le rappelle rapidement en se mettant à régurgiter sur tout l'arrière de mon t-shirt.

— Je n'ai toujours pas pris le réflexe.

Vu le sourire sur son visage, elle est heureuse du tour qu'est en train de prendre cette soirée. Il n'y a pas beaucoup d'activités possibles avec un bébé, alors je fais la seule chose qui me traverse l'esprit : je mets des dessins animés tout en surveillant l'heure.

— Yo, dit Angelo en ouvrant la porte exactement comme Daphné. J'étais en train de rentrer du bar et j'ai vu que c'était allumé. Je me suis dit que j'allais passer voir comment tu allais.

— Je ne sais pas comment tu fais tout ça tout seul, mec, lui dis-je en secouant la tête.

Je n'ai été avec Lulu que peu de temps et je n'arrive pas à imaginer comment on peut gérer deux enfants non-stop, jour après jour, sans jamais en voir la fin. Mon frère donne l'impression que c'est facile, et il ne s'est jamais plaint malgré son deuil.

— Ça n'est absolument pas facile ; et sans Marissa, tout est encore plus compliqué.

Il s'affale sur le canapé, pas le moins du monde pressé de partir.

— Et je remercie le ciel quand arrive l'été et que ses parents prennent les enfants pendant un mois. J'ai besoin de me recharger et de me sentir à nouveau humain.

— Tu as déjà pensé à fréquenter d'autres femmes ? demandé-je, toujours debout car couvert du lait régurgité de Lulu.

On a déjà eu cette conversation plusieurs fois, et il change toujours rapidement de sujet.

Il se frotte le front, de toute évidence répugné par la conversation.

— Je trouve ça injuste pour les enfants.

— Angelo, ne sois pas ridicule. Tu ne peux pas te cacher derrière tes enfants toute ta vie.

Il pointe le menton vers moi, et je devine qu'il s'apprête à dire un truc de merde.

— Et toi, tu te caches derrière quoi ?

Bingo. Il renverse toujours la situation pour attirer l'attention ailleurs que sur lui, mais cette fois je ne vais pas le laisser faire.

— Ils méritent d'avoir deux parents.

— Lucio, je sais que tu penses avoir raison, mais tu ne sais pas ce que c'est vraiment d'être parent.

— Explique-moi, alors.

Il se lève et me prend Lulu des bras.

— Va prendre une douche, tu pues. On parlera après.

Je ne proteste pas. Entre l'absence de Delilah et les horaires décalés de Lulu, je ne sais pas quand j'aurai le temps de prendre une douche sans quelqu'un pour surveiller la petite.

— J'en ai pour cinq minutes.

— Prends ton temps, crie-t-il avant que je ne disparaisse dans la salle de bain en réfléchissant à la question que m'a posée mon frère.

Derrière quoi est-ce que je me cache ?

— Tu as trouvé, Einstein ? me demande Angelo dès que je reviens dans le salon. Tu te caches derrière quoi ?

Pendant un instant, j'ai l'impression de pouvoir conquérir le monde ainsi débarrassé de tous les restes de lait régurgité. Mais cette impression s'évanouit très vite dès qu'Angelo commence à m'assaillir de questions.

— J'ai toujours su que tu étais une chochotte, me lance-t-il avec un rictus arrogant sur le visage.

Il sait exactement ce qu'il faut dire pour m'énerver.

— Je ne suis pas une chochotte, répliqué-je en m'affalant sur le canapé à côté de lui et en lui reprenant Lulu des bras. Tu sais bien que papa était un connard quand on était enfants et que je ne veux pas devenir comme lui.

Je m'arrête une minute en regardant Lulu qui enroule sa petite main autour de mon doigt.

— Regarde-la. Est-ce que j'ai vraiment l'air d'une figure paternelle ?

— Et moi, est-ce que j'avais l'air d'en être une ? répond-il rapidement en haussant un sourcil.

— Tu sais que tu es un père génial.

Angelo est une sorte de Super-papa. Si on distribuait des médailles pour ce genre de choses, il aurait la première place. Il ferait n'importe quoi pour ses enfants ; et il a fait en sorte qu'ils restent en vie et qu'ils s'épanouissent même après avoir perdu Marissa. Je ne suis pas sûr que j'aurais réussi à sa place.

— Peut-être que c'est moi qui devrais me mettre avec Delilah. On a tous les deux des enfants. On pourrait faire notre propre famille du style *Notre Belle Famille*. Ce serait parfait.

Je me relève brusquement en montrant la porte avec Lulu dans l'autre bras.

— Casse-toi !

Angelo ricane et secoue la tête en se levant.

— Tu es accro, frérot. Fais en sorte qu'elle soit à toi. Arrête de réfléchir et agis pour une fois. Laisse ton cœur parler.

Il me tapote sur le torse avant de s'écarter puis d'ajouter :

— Mais n'attends pas trop. Je suis sûr que je ne vais pas être le seul mec à essayer de te la voler.

— Va te faire foutre Angelo, marmonné-je alors qu'il franchit la porte d'entrée.

J'entends encore son rire tandis qu'il trottine, d'abord en descendant les marches du perron puis sur le trottoir.

— Personne ne va vous voler, dis-je à Lulu qui sourit en tirant sur mes joues. Ta maman et toi, vous étiez faites pour être avec moi.

CHAPITRE 15
DELILAH

IL EST PLUS de trois heures du matin quand j'arrive jusqu'à la maison en titubant. Je suis ivre. Tellement ivre que je vois double et que je sens à peine mes jambes en montant les escaliers.

Je me retourne et agite la main en direction de Daphné, Michelle, Carmen et Colleen, qui attendent sur le trottoir pour s'assurer que j'ai bien réussi à rentrer toute seule. Elles étaient en train de parier sur le nombre de fois où j'allais tomber de mes talons hauts, car elles ont dû m'aider à rester debout sur les deux derniers pâtés de maisons.

Je devrais les détester parce qu'elles se moquent de moi, pourtant je les apprécie ; même si elles ne m'ont pas prévenue qu'il n'y avait pas vraiment de thé dans un Long Island Iced Tea[1].

— Salut ! m'écrié-je en agitant la main et en m'adossant à la porte pour me retenir.

— Salut, meuf, ne fais pas de bêtises qu'on ne ferait

pas nous-mêmes ! hurle Michelle en retour, entraînant au passage les ricanements des filles.

— Ou qu'on n'ait pas déjà faites.

Carmen fait référence au fait qu'elle a couché avec Lucio. Je ne la déteste même pas pour ça. Elle m'a expliqué que c'était il y a des années, après le lycée, et que ce n'était même pas si bien que ça ; bien qu'elle soit sûre qu'il la contredirait sur ce point.

— Mon Dieu, marmonné-je tout en essayant de me concentrer sur la poignée.

J'inspire un grand coup. Je peux y arriver. Je peux faire semblant d'être sobre, non ?

Je trébuche presque sur le seuil mais je me retiens à l'encadrement de la porte, en manquant au passage de claquer cette dernière contre le mur intérieur.

— Chut, la réprimandé-je, secouée d'un rire entre-coupé de hoquets.

Je me penche pour retirer mes talons, agrippée à la poignée de la porte pour tenter de garder l'équilibre. Les lumières sont éteintes, mais la faible lueur de la télévision est suffisante pour m'aider à me frayer un chemin jusqu'au salon sans me cogner à tous les meubles.

Je jette un coup d'œil par-dessus le canapé. Lucio y est endormi, tandis que Lulu est affalée sur son large torse. Sa petite joue est calée entre ses pectoraux et de la bave a coulé le long de son visage, formant une petite flaque sur la peau de Lucio.

En m'accrochant à l'accoudoir, je parviens à me diriger jusqu'à la table basse en bois pour m'asseoir. Je cligne des yeux plusieurs fois en attendant que la pièce s'arrête de tourner, tout en mettant mon coude sur mon genou et mon menton dans la paume de ma main.

La façon dont il tient Lulu, la main posée sur son dos pour s'assurer qu'elle ne glisse ou ne bouge pas, me fait à la fois esquisser un sourire et monter les larmes aux yeux. J'ai du mal à croire que Lucio pense qu'il ne serait pas un bon père. Il a été plus que merveilleux avec Lulu, et ce soir en est la preuve.

Les petites jambes de Lulu remuent et je retiens mon souffle pour essayer de ne pas les réveiller tous les deux. J'aurais aimé avoir un appareil photo pour immortaliser cet instant, mais je n'ai toujours pas remplacé mon ancien téléphone portable. Lulu s'immobilise pendant un moment avant que ses mains ne s'aplatissent et que ses petits ongles ne s'enfoncent dans la peau de Lucio.

Sans ouvrir les yeux, il retire les griffes de Lulu plantées dans sa poitrine, et lui frotte le dos en petits mouvements circulaires et délicats. Je ne peux pas m'empêcher d'admirer la façon dont il chérit ma fille. Je veux qu'elle reçoive ce genre d'amour. Je veux qu'elle ait quelque chose que je n'ai jamais eu ; un homme qui la fera toujours passer en premier.

Lucio pourrait très bien être cet homme. Il ne croit peut-être pas en lui, mais moi si. Ce soir, Daphné a été plutôt claire sur le fait que son frère a des sentiments pour moi, mais elle ne m'a rien appris de nouveau. Elle m'a assuré que, quoi que j'entende, je devais me souvenir que c'était l'homme le plus loyal qu'elle connaisse. Que personne ne se battrait ni ne me défendrait aussi vigoureusement que son frère. J'ai l'impression qu'elle a passé la moitié de la soirée à me dresser le tableau des raisons pour lesquelles je devrais aimer son frère, bien que je n'aie pas eu besoin de sa participation pour savoir ce que je ressentais déjà pour lui.

— Tu es rentrée, dit-il doucement tandis que je sèche mes larmes. Qu'est-ce qu'il y a ?

Il tend la main et touche mon genou, laissant Lulu tanguer sur sa poitrine.

Je secoue la tête et me mords la lèvre, priant pour que les larmes s'arrêtent de ruisseler le long de mon visage. J'ai l'air ridicule et l'alcool n'aide pas vraiment.

— Rien, chuchoté-je en plaçant ma main sur la sienne. Je suis juste si…

— Oh mon Dieu, s'exclame-t-il en mettant son autre main sous les fesses de Lulu tout en se redressant.

— Non, ne t'inquiète pas. Il ne s'est rien passé. Je suis juste si heureuse, lui dis-je en agitant les mains dans tous les sens, bien consciente d'avoir l'air stupide. En rentrant et en vous trouvant blottis l'un contre l'autre sur le canapé, je me suis rendu compte de tout ce que j'avais loupé.

— Bébé, murmure-t-il en touchant ma joue et en séchant quelques larmes avec son pouce. J'aime te voir heureuse.

Je tourne la tête et attrape le bout de son pouce entre mes dents, soudainement submergée par le désir.

— J'ai envie de toi, murmuré-je contre sa peau. J'ai besoin de toi.

Il entrouvre les lèvres et ferme les yeux alors que je commence à sucer son pouce, en faisant tournoyer ma langue comme je l'avais fait avec sa queue. Il commence à faire des mouvements de va-et-vient tandis que son souffle se fait de plus en plus irrégulier et intense à chaque seconde qui passe.

— La petite, s'exclame-t-il soudainement comme s'il avait oublié qu'il était en train de tenir Lulu.

— À l'étage, lui intimé-je en agitant les sourcils, son pouce toujours dans ma bouche.

Je me sens plus prête que jamais à coucher ma fille pour aller m'occuper de Lucio. Il gémit en retirant son pouce de mes lèvres tandis que j'aspire encore plus fort, pour l'affrioler le plus possible. Il se relève, planant presque jusqu'en haut des escaliers qu'il monte deux marches à la fois. Je ne suis pas aussi rapide, car l'alcool est toujours en train de couler dans mes veines. Je me tiens à la rambarde, chancelant sur chaque marche tout comme Lucio avant moi, mais j'arrive tant bien que mal à ne pas tomber à la renverse.

Il m'attend car il a déjà mis Lulu au lit, et me regarde d'un air à la fois horrifié et amusé tandis que j'arrive péniblement à bout des escaliers. Avant même que je puisse poser le pied par terre, il me soulève dans ses bras et m'amène jusqu'à la chambre.

— Tu es bien impatient, on dirait, remarqué-je en poussant un grognement de cochon sous l'effet de l'alcool.

— C'est toi qui l'as voulu, bébé, s'esclaffe-t-il. Impatient, et vorace avec ça.

— C'est à cause de ce putain de piercing, dis-je en essayant d'attraper sa verge.

Il secoue la tête en se demandant probablement ce qu'il m'arrive, mais je crois que c'est plutôt évident. Toute la timidité et l'inquiétude que je ressentais à l'idée de coucher avec Lucio se sont évanouies. Grâce aux Long Islands, la seule chose qui m'importe désormais est de sentir sa queue enfouie si profondément en moi que je ne pourrais plus respirer.

— Tu aimes quand je te la mets si profond ? demande-t-il en me posant sur le lit avant de faire glisser les bretelles de la robe le long de mes bras.

— J'ai parlé à voix haute ?

Je reste horrifiée un instant, mais j'oublie tout au moment même où ses lèvres se referment sur mon téton.

Il me pousse en arrière et se place au-dessus de moi en s'appuyant sur ses épais bras musclés. J'enroule mes doigts dans ses cheveux et l'appuie contre ma peau. Mon Dieu, on dirait que sa langue est magique quand elle caresse mon sein ; elle me fait presque décoller au septième ciel.

Je ronronne de plaisir en espérant que ce sentiment ne me quitte jamais. Lorsqu'il commence à descendre le long de mon corps, je le tire par les cheveux pour le ramener en haut puis le regarde droit dans les yeux, comme possédée par une version impertinente de moi-même.

— Non, lui dis-je tandis qu'il fronce des sourcils. Je ne veux pas ta bouche. Je veux ta queue.

Il me fait un sourire arrogant et remonte le long de mon corps.

— Tu aimes mon piercing, toi, n'est-ce pas ?

— J'aime ta queue, Lucio. Piercing ou non, c'est tout ce que je veux.

Je ne sais pas d'où sortent ces mots, mais il a l'air d'apprécier ce côté de moi-même parce que son sourire ne fait que s'agrandir.

Il se relève et descend au pied du lit. Je ne peux que regarder tandis qu'il enlève son boxer, laissant apparaître son chibre parfaitement droit au bout étincelant. Si je n'avais pas bu autant, j'aurais rampé jusqu'à lui et je l'aurais provoqué avec ma langue, mais je ne suis pas sûre de pouvoir y arriver sans tomber du lit.

— Baise-moi, lui ordonné-je à la place en espérant que ce soit suffisant.

— Faut pas me le dire deux fois.

Il se place au-dessus de moi et attrape son portefeuille tandis que son membre ballotte comme s'il dansait de joie.

— À quel point tu la veux profond, bébé ? demande-t-il en déchirant l'emballage du préservatif qu'il déroule ensuite le long de son sexe.

— Très profond.

J'arrive à peine à parler tellement mon entrejambe palpite intensément. À tel point que je me demande si je ne vais pas jouir à l'instant où son corps glissera contre le mien.

Il s'avance lentement entre mes jambes, positionnant l'extrémité de son sexe magnifique contre ma vulve, puis ramène son corps au-dessus du mien. Il glisse sa main entre mes jambes et touche mon clitoris, ce qui fait décoller mes fesses du lit et m'envoie des décharges électriques à travers tout le corps.

— Tu es trempée, me dit-il, alors que j'en suis déjà parfaitement consciente.

— Baise-moi, Lucio. Baise-moi fort.

Je n'ai pas besoin de le redemander. Il s'enfonce en moi d'un seul coup, et je n'ai soudain plus d'air dans les poumons. Il ondule des hanches pour pilonner chaque centimètre au fond de moi avant de se retirer.

— Comme ça ? demande-t-il, jouant avec moi.

— Encore plus fort, lui intimé-je ; car j'en veux plus, j'ai besoin de plus.

Il se penche sur moi et referme ses lèvres sur mon téton tandis qu'il me pilonne, me faisant remonter un peu plus haut dans le lit à chaque impulsion. Je hurle de joie et de plaisir, les seules sensations qui habitent mon corps.

Il me transperce de ses profonds yeux verts.

— Tu es à moi, Delilah.

— Oui ! crié-je, submergée par ses mots qui m'envoient des étincelles à travers tout le corps

— Rien qu'à moi, ajoute-t-il en me culbutant de plus belle pour illustrer son propos.

Personne ne m'a jamais embrassée, ni baisée comme il le fait. Et mon Dieu, je ne veux plus jamais d'un autre homme que lui.

CHAPITRE 16
LUCIO

UNE FOIS que tout le monde est parti, Angelo se décide enfin à me parler.

— Tu as scellé l'affaire ?

Je le regarde d'un air étonné.

— Quoi ?

— Avec Delilah, débile. Tu as scellé l'affaire avec elle ?

— Tu peux ranger ta queue. Elle est à moi, frérot, lui dis-je en lui pointant mon doigt dans le visage.

— C'est bien, rétorque-t-il avec un grand sourire. Tu n'es peut-être pas aussi stupide que je le pensais.

Je m'adosse à mon siège en passant le bras autour du dossier de la chaise qui se trouve à côté de moi.

— Je ne suis jamais stupide quand il s'agit des femmes.

— Attends, interrompt-il en plissant les yeux. Est-ce que vous avez vraiment discuté de votre relation ou bien tu l'as juste baisée ?

— Je lui ai fait comprendre.

— Charmant, dit-il en secouant la tête et en levant les yeux au plafond.

— Bah quoi, on est plus au lycée. Qu'est-ce que j'étais censé lui dire ? « Delilah, est-ce que tu veux être ma copine ? », raillé-je en balayant sa stupidité d'un geste de la main. Arrête tes conneries.

— Assure-toi qu'elle n'ait aucun doute.

— On a oublié de me prévenir qu'on était de retour dans les années cinquante ?

— Écoute.

Il s'avance en posant les mains à plat sur la table et en me regardant avec l'un des airs les plus sérieux que je lui connaisse, avant d'ajouter :

— Je te dis ça parce que je t'aime. Je sais ce que c'est que d'aimer une femme, et de la perdre.

C'est dur de ne pas écouter après une telle déclaration. J'ai adoré sa femme dès que je l'ai rencontrée. C'était la meilleure des femmes que j'ai connues et elle était parfaite pour mon frère. Nous avons tous été dévastés par sa mort, mais pas autant que lui. J'ai vu son attitude changer, passant de désinvolte et insouciante à très sérieuse, voire amère à ses heures. Ce n'est pas facile de rester heureux quand la personne qui vous apporte le plus de joie disparaît.

— J'écoute, lui dis-je.

Je me montre respectueux, car il a traversé bien plus d'épreuves au cours de ces dernières années que j'en ai connues pendant toute une vie.

— Tu ne peux pas juste dire à une femme qu'elle est

à toi. Je suis sûr que tu lui as dit ce genre de conneries. Tu dois lui faire savoir que tu es aussi à elle. Elle doit comprendre qu'il n'y aura plus de Carmen ni de Colleen.

— Tu es au courant ?

— Daphné a de sacrées couilles, dit-il en se frottant le visage de haut en bas et en secouant la tête. J'ai déjà eu cette discussion avec elle.

— Comment ça s'est passé ?

Il ricane en haussant les épaules.

— D'après toi ?

— Bah je ne vois pas de traces de griffes.

— Vous parlez de quoi ? demande Vinnie en entrant dans la salle, avant de se laisser tomber sur la chaise à côté d'Angelo.

— De femmes, dis-je.

Il lève soudain les yeux et baisse son téléphone.

— De Delilah ?

— Oui, acquiescé-je.

— Vous avez scellé l'affaire ? demande Vinnie à l'instar d'Angelo.

— C'est quoi cette histoire ? Vous vous mettez à parler de la même façon.

Vinnie regarde Angelo et ils haussent tous les deux les épaules.

— Et toi, tu as scellé l'affaire avec l'une des filles à qui tu passes ton temps à envoyer des messages ? demandé-je dans une tentative de délester un peu sur lui de la pression qui jusqu'ici reposait sur moi.

— Avec moi, elles sont toutes confinées, Luc.

Mes yeux s'écarquillent, tout comme ceux d'Angelo.

— Toutes ? demande-t-il en se tournant vers notre petit frère et en le regardant comme si c'était un extra-terrestre.

— Je ne veux pas qu'elles voient d'autres mecs.

— Mec, commence Angelo avant de lui donner un coup sur le torse. C'est pas cool.

— Hé, j'y peux rien si je suis doué.

On lève tous les deux les yeux au ciel face à ce petit merdeux égoïste, fier d'embobiner les filles.

— Comment tu fais ça ? demandé-je en me frottant le front et en réfléchissant à toute la logistique derrière cette situation. Je veux dire : tu vas bien finir par te faire prendre. Et ensuite ?

Vinnie sourit fièrement.

— Je ne leur dis jamais que je m'engage à être exclusif. Je leur dis juste qu'elles sont à moi et à personne d'autre.

Angelo montre Vinnie du doigt tout en me regardant.

— Tu vois ce que je voulais dire.

— Je comprends, je comprends, lui dis-je en réalisant l'erreur que j'ai commise. Je vais sceller l'affaire.

— En parlant de choses scellées et de confinement, lance ma mère en entrant dans la pièce, ce qui ne manque pas de nous faire bondir de frayeur. Votre père a appelé hier.

Elle s'assoit au bout de la table mais ne dit plus rien.

— Et ? demande Angelo en faisant un signe de la main pour l'inciter à continuer.

— Il a obtenu une liberté anticipée. Il sera de retour à la maison dans quelques mois.

— C'est super, Maman ! s'exclame Vinnie.

Angelo et moi sommes loin d'être aussi excités que mon petit frère.

— Il me manque, dit-elle en nous regardant alternativement, Angelo et moi. Je sais que vous avez des problèmes avec votre père, mais j'aimerais que vous enfouissiez ça dans le passé.

Je n'ai jamais eu de problème avec lui en tant que père, mais en tant que partenaire, il a traité ma mère comme une moins que rien pendant trop longtemps pour que je puisse fermer les yeux là-dessus. Il en est de même pour Angelo, mais Vinnie est trop jeune pour se souvenir de ses combines.

— On va essayer, réplique rapidement Angelo, toujours soucieux de garder la paix et conscient que cela rendra ma mère heureuse.

— Il y a autre chose.

Sans nous regarder dans les yeux, elle s'amuse avec la cuillère propre abandonnée sur la table devant elle.

— On t'écoute, dit Vinnie avec un peu trop d'enthousiasme.

Angelo et moi nous nous regardons, sachant pertinemment qu'aucun de nous ne va apprécier ce qu'elle s'apprête à dire. Je serre le poing en espérant que ça sera suffisant pour me faire taire. S'il y a une personne au monde que je ne veux pas énerver, c'est bien ma mère.

— Les conditions de sa liberté conditionnelle stipulent qu'il va devoir travailler.

Angelo me donne un coup de pied sous la table, préférant faire de moi son punching-ball plutôt que de m'imiter et de se servir de sa propre main. Je tressaille et me mords la lèvre pour me retenir d'insulter les chaussures taille quarante-deux qui viennent de me cogner le tibia.

Maman me regarde en attendant que je dise quelque chose, mais je n'ose pas ouvrir la bouche.

— J'aimerais que vous l'embauchiez au bar pour qu'il respecte sa période de probation. Il a reçu une permission spéciale de la commission des libérations conditionnelles pour vivre à l'étage et travailler au bar.

— Pas de problème, Maman, affirme Vinnie comme s'il était le seul à prendre les décisions.

Il possède vingt-cinq pour cent du business et n'est presque jamais là, ce qui veut dire que son vote ne compte que dans son propre esprit.

— On va en parler à Daphné, répond Angelo à ma mère, parfaitement conscient que je vais refuser. On ne peut pas accepter avant d'en avoir discuté.

— Discutez-en tous ensemble, mais ce n'est pas grand-chose et c'est la seule faveur que je vous demande, déclare-t-elle en nous faisant comprendre que l'on ferait mieux de dire oui si on ne veut pas que ça se passe mal.

Dans tous les cas, on est dans la merde.

Je prends Delilah par la main après qu'elle a déposé Lulu dans son berceau.

— Assois-toi, bébé.

Elle avance lentement, en touchant le canapé d'une main pour s'asseoir sur un coussin. Ses yeux, clairement effrayés, restent braqués sur moi.

— Ce n'est rien de méchant, je te promets. On doit juste parler, lui dis-je en touchant son visage pour la calmer.

Elle esquisse un sourire nerveux, tout en me fixant de ses magnifiques yeux bleus tandis que je m'assois sur la table basse située en face d'elle.

— Tout va bien ?

Elle joue avec ses longs cheveux bruns, enroulant les mèches autour de son doigt.

— Tu m'inquiètes, Lucio.

— Il s'est passé beaucoup de choses hier soir, et tu étais ivre.

Elle se couvre la bouche de la main et s'exclame :

— Oh mon Dieu. Qu'est-ce que j'ai fait ? J'ai dit quelque chose de stupide ?

Elle se mord la lèvre inférieure et ses yeux parcourent furtivement la pièce.

— Je me souviens qu'on a couché ensemble, mais pas grand-chose d'autre.

J'ai envie de me gifler mentalement parce que je réalise que mon frère avait raison. Je n'avais même pas pensé au fait qu'elle était complètement bourrée quand je lui ai dit qu'elle était à moi. Je croyais qu'au moment de lui dire, elle était redevenue suffisamment sobre pour s'en souvenir ; mais j'avais tort.

— Oui, bébé, on a beaucoup baisé. C'était torride, d'ailleurs, dis-je avec un sourire.

Elle rougit.

— Tant mieux. C'est déjà bon à savoir, surtout si tu comptes me dire que tu ne veux plus jamais le refaire.

Je pose mon doigt sur ses lèvres pour l'empêcher de terminer sa phrase.

— Je t'aime, laissé-je échapper, jouant cartes sur table.

— Répète un peu, dit-elle malgré mon doigt sur sa bouche, avant de se mettre à mordiller sa lèvre inférieure.

— Je t'aime, Delilah Miles. Je veux être à toi, et que tu sois à moi.

Ses yeux se remplissent à nouveau de larmes.

— Ah oui ?

Je prends son visage dans mes mains et plonge mes yeux dans les siens, pour ne laisser aucun doute quant à mon amour et ma fidélité.

— Oui. Il n'y a personne d'autre pour moi. Je ne veux que toi. Je veux Lulu. Je veux nous.

— Tu es sûr ? demande-t-elle, le visage ruisselant de larmes et les lèvres tremblotantes.

— Je sais que c'est rapide et complètement fou, mais je n'ai jamais été aussi heureux de toute ma vie. Je veux que tu restes ici, à mes côtés, dans mon lit, avec moi… pour toujours.

Je me penche en avant, laissant très peu d'espace

entre nous, jusqu'à ce que je puisse sentir son souffle chaud glisser le long de mon visage.

— Je veux que cette petite fille soit comme la mienne. Je veux la couvrir d'amour et être le père dont elle a besoin. Je ne veux plus personne d'autre, et je veux que tu n'aies plus jamais peur de rien pour le restant de tes jours.

Delilah se jette dans mes bras et attrape mon visage avec ses petites mains. Elle m'embrasse si fort que je suis presque sûr de me retrouver avec un bleu.

— Mon Dieu, je t'aime, murmure-t-elle contre mes lèvres. Tellement fort.

Les mots qui sortent de sa bouche sont inintelligibles car elle est bien trop occupée à m'embrasser pour me laisser parler.

Je l'enlace pour nous rapprocher encore plus et j'enroule mes doigts dans ses cheveux.

— Tu aimes mon piercing, lui dis-je quand elle me laisse enfin respirer un peu.

— C'est un bonus, répond-elle d'un air sérieux. Mais ce n'est pas la seule raison. Embrasse-moi encore. Je veux que tu laisses ton empreinte sur moi.

C'est tout ce que j'ai besoin d'entendre.

Je l'attrape par la taille et la fais basculer sur le coin du canapé avant de soulever sa jupe pour révéler ses fesses parfaites.

— Je vais enfoncer ma queue si profondément en toi que tu ne pourras jamais oublier que je suis passé par là, dis-je en empoignant son entrejambe.

Elle jette un coup d'œil par-dessus son épaule avec un sourire espiègle.

— J'appartiens à qui ? demande-t-elle doucement.

— À moi, ma chérie. Maintenant et pour toujours. Ce joli petit minou m'appartient tout autant que ma queue t'appartient.

— Pour toujours, répète-t-elle.

Et rien n'a jamais semblé aussi juste.

CHAPITRE 17
DELILAH

— HÉ, mademoiselle ! m'interpelle une femme de la table numéro trois en claquant des doigts et en me regardant de la tête aux pieds comme si je n'étais qu'une merde.

J'avance jusqu'à la table en souriant, et j'essaie de garder mon sang-froid tant bien que mal, même si je meurs d'envie de lui renverser un verre d'eau sur la tête.

— Il vous faut autre chose ?

Ma voix est mielleuse et beaucoup plus aiguë que d'habitude.

Elle mâche un chewing-gum et le fait éclater entre ses dents de la manière la plus vulgaire possible.

— On voudrait une autre tournée.

Elle passe sa main dans ses cheveux noirs et se coince les doigts à quelques centimètres de sa tête, dans les tonnes de laque qu'elle a utilisées pour garder sa crinière en place. Elle parvient à se rattraper en feignant de l'avoir fait exprès, redonnant du volume au bas de ses mèches avec la paume de sa main.

— Vous allez vous en sortir ? demande-t-elle alors que je ne réponds pas immédiatement.

— Je vais m'en sortir, rétorqué-je avant de répéter leur commande précédente pour m'assurer que je m'en souviens bien. C'est bien ça ?

— C'est ça, me répond une autre femme assise à la table, avant que la reine Elnett-fixation-forte ne me fasse pratiquement signe de déguerpir.

Je grogne entre mes dents, car je sais pertinemment que ces bimbos vont me laisser un pourboire merdique. Si c'était Angelo ou Lucio qui les servait, je suis sûre qu'elles leur laisseraient plus que quelques balles ; mais comme je ne les excite pas, je sais déjà qu'elles vont être radines avec moi.

— Qu'est-ce qu'il y a ? demande Lucio en me voyant arriver au comptoir, en train de marmonner dans ma barbe.

— Rien, répliqué-je avec un faux sourire, faisant mine de passer une superbe soirée.

Je n'ai renversé qu'un seul verre ce soir. Dieu merci, j'étais encore au comptoir quand c'est arrivé et j'ai réussi à ne pas me tromper dans les commandes. C'est ce que j'appelle une soirée réussie, à l'exception du comportement de certains clients.

Les hommes qui ont passé la porte ce soir se sont montrés sympathiques. Certains étaient un peu trop dragueurs, mais j'ai réussi à les éconduire assez rapidement. Personne n'a été trop tactile non plus ; mais ce n'est que le début de la soirée et les clients n'ont pas encore consommé suffisamment d'alcool pour être agressifs. Hormis la table de connasses avec leurs choucroutes crêpées et leurs faux ongles, j'ai apprécié me mêler aux clients de *Accro & Tumulte*.

— J'ai déjà vu ce regard, insiste-t-il en regardant attentivement mon visage. Quelque chose t'a énervée.

— Non, je vais bien. Tout va bien, dis-je faussement.

— Qu'est-ce qu'elles ont commandé ? demande-t-il en désignant du menton la table de femmes en train de le reluquer.

— Deux Whisky Sours, un Long Island Iced Tea et un Screwdriver[1].

Il attrape les verres vides et commence à préparer leurs boissons sans me lâcher du regard, en attendant que je lui vide mon sac.

— Elles t'emmerdent ?

— Non. Je te promets. Tout va super bien.

Je ne lui dis rien. Je refuse de me plaindre de quelques connasses. Je suis sûre que ce ne sera pas le dernier groupe de garces vulgaires à passer la porte du bar.

Il glisse leurs verres sur le comptoir et je les attrape avant de m'éloigner comme si j'avais fait ça toute ma vie. Ce n'est pas si difficile de porter quatre verres, mais résister à l'envie de leur renverser sur la tête l'est beaucoup plus.

— C'est qui le mec canon ? demande la mâcheuse de chewing-gum dès que je pose les verres sur la table.

— Le propriétaire, leur dis-je avant de m'éloigner pour couper court à la conversation.

Je n'ai aucune raison d'être sympathique ou agréable avec elles alors qu'il est évident qu'elles me détestent déjà. Le fait qu'elles lorgnent sur mon mec ne fait qu'attiser mon agacement.

— Poupée, m'interpelle un homme en me pelotant la jambe tandis que je passe à côté de lui. Apporte-moi donc quelque chose de frais.

Je le fusille du regard, balayant des yeux son bras puis sa tête et inversement.

— Vous feriez mieux de retirer votre main si vous voulez la garder.

— Oh, j'aime quand elles sont bagarreuses, s'esclaffe-t-il. Je te rajoute vingt balles si tu te penches et que tu me montres ta culotte.

Je lui donne un coup dans le bras pour me dégager de son emprise. Je garde la main en l'air, prête à le frapper, quand Lucio me touche le bras.

— Va-t'en, ordonne-t-il en attrapant l'homme par le col de son t-shirt. On ne touche pas aux femmes.

L'homme essaie d'échapper à la prise de Lucio et de le frapper, mais Lucio est trop rapide et ses bras trop longs pour que l'homme y parvienne.

— Si tu reviens ici un jour, tu ne repartiras pas sur tes deux jambes.

Lucio pousse le gars dehors et lui assène un coup de pied aux fesses à la dernière seconde.

La salle l'acclame et Lucio s'incline à gauche puis à

droite pour saluer son public. En quelques secondes, le bar retrouve son ambiance habituelle, dans la cacophonie des clients qui discutent de tout et de rien en buvant leur verre.

Je m'avance vers lui un peu agacée, parce que je ne veux pas qu'il intervienne chaque fois que quelqu'un est un peu trop tactile avec moi.

— J'aurais pu gérer, le sermonné-je, les mains sur les hanches.

Je ne devrais pas être si énervée. Il m'a quand même sortie d'affaires, et c'était agréable que quelqu'un vienne à ma rescousse. Mais je ne suis pas sûre qu'il aurait fait la même chose avec Daphné ou Michelle. Je ne veux pas être traitée différemment des autres filles du bar.

— Il était plus grand que toi.

— Et ?

Je tape du pied en croisant les bras sur ma poitrine.

— Tu allais faire quoi avec ta main ? Le frapper ? demande-t-il en haussant un sourcil.

— Bien sûr.

— Et que se serait-il passé s'il t'avait frappée en retour ?

Je cligne des yeux plusieurs fois en réfléchissant à ce qu'il vient de dire. À aucun moment je n'avais envisagé qu'on puisse me rendre les coups. Je ne faisais que me défendre, après tout.

— Eh bien, je…

— S'il t'avait frappée, je l'aurais tué ici en plein milieu du bar. Pour ta sécurité et pour ma santé mentale, j'ai préféré sortir cette ordure d'ici avant que cet endroit ne devienne une scène de crime.

— Merci, chuchoté-je en changeant de ton.

Je n'avais pas pensé au ressenti de Lucio par rapport à toute cette situation, ni au fait que le mec aurait pu me casser la gueule en retour.

— Si n'importe quel mec touche n'importe quelle femme du bar de façon inappropriée, il se passera la même chose. N'essaie jamais de gérer ça par toi-même.

J'acquiesce d'un signe de tête, me sentant un peu idiote. J'ai pris l'habitude de me débrouiller toute seule. Dieu sait que mon père n'a jamais été là pour me sauver des situations gênantes. Ensuite il y a eu Dwight, qui en plus d'être un mauvais coup, était aussi une des pires chochottes que j'aie jamais connues.

— Tu vas bien ? demande Lucio en me suivant derrière le comptoir, lorsque je m'y rends pour me servir un peu d'eau.

— Oui, Lucio. J'ai déjà géré des connards avant lui. Il ne m'a pas fait de mal.

— Mais il aurait pu, me rappelle-t-il avec insistance.

— J'ai compris.

Je lui tourne le dos et engloutis un verre entier d'eau glacée avant de lui faire de nouveau face.

— Je suis désolée, ajouté-je après m'être un peu calmée. Je voulais juste m'assurer que je n'étais pas traitée différemment des autres.

Il repousse mes cheveux derrière mon épaule.

— Je ne peux pas m'empêcher de te traiter un peu différemment, Delilah. Je t'aime et personne n'a le droit de te toucher ou de mal se comporter avec toi. J'interviendrai toujours pour te protéger.

— Donne-moi une opportunité de gérer les choses par moi-même en premier, d'accord ?

— J'essaierai.

— Si je n'y arrive pas, je t'appellerai pour venir m'épauler. D'accord ?

Il retient mon bras quelques secondes, ses yeux verts cherchant les miens.

— D'accord, consent-il avant de me relâcher.

— Il faut que je retourne à mes tables, soupiré-je avant de me remettre au travail.

Elnett-fixation-forte me bouscule tandis que je traverse la salle. Elle ne prend pas la peine de s'excuser et ne semble même pas se rendre compte qu'elle m'a presque fait perdre l'équilibre. Je me retourne pour la regarder, tandis qu'elle s'avance vers Lucio comme si elle était possédée.

Un nouveau couple s'assoit à ma table près de la fenêtre, et j'essaie de leur accorder toute mon attention.

— Bonsoir, bienvenue à *Accro & Tumulte*. Est-ce vous savez déjà ce que vous voulez commander ou bien voulez-vous un moment pour réfléchir ?

J'arrive tant bien que mal à sortir cette phrase, mais je ne peux pas m'empêcher de jeter des coups d'œil en direction du bar, tandis qu'Elnett réarrange sa coiffure et se remet une couche de gloss. Elle est à quelques mètres de Lucio et le regarde comme s'il était sa prochaine victime.

— Je vais prendre une pinte de Guinness, me dit

l'homme quand je le regarde enfin dans les yeux. Et pour elle, un verre de Moscato.

— Vous désirez autre chose ? demandé-je en jetant encore un coup d'œil vers le comptoir.

— Des cacahuètes ou des chips, si vous en avez.

— Je vous amène ça tout de suite.

Je leur adresse un sourire rapide avant de me diriger vers le bar. Mais cette fois, c'est à Daphné que je vais demander les boissons.

— J'ai besoin d'une Guinness et d'un Moscato, lui annoncé-je quand elle s'arrête en face de moi.

Elnett est en train de parler à Lucio en rejetant ses mèches plastifiées derrière son épaule, flirtant avec lui sans aucune gêne. Il ne sourit pas et ne rit pas non plus, pourtant elle a l'air aux anges.

Daphné suit mon regard et claque des doigts devant mon visage lorsqu'elle se rend compte qui je suis en train d'observer.

— Ignore-les, me dit-elle.

— On dirait qu'elle va lui sauter dessus, grogné-je par réflexe.

— Lucio n'a pas l'air de s'amuser, me rassure-t-elle en les désignant d'un signe de tête. Regarde-le.

— Cette salope a été désagréable à la seconde où j'ai commencé à les servir, et maintenant elle tourne autour de mon mec.

Je plisse les yeux et m'imagine la tirer par les cheveux et la traîner jusqu'à la porte comme Lucio l'a fait avec l'autre ordure.

Daphné pose les deux boissons sur le bar et me sourit.

— J'aime ce côté de toi.

— Quel côté ?

Je lui jette un coup d'œil pendant juste une seconde, parce que si Elnett le touche… ça pourrait mal se finir.

— Ce côté hargneux de meuf qui protège son territoire. On pourrait presque croire que tu es née ici.

Elle glousse et me donne un coup dans le bras avant d'ajouter :

— J'aime ça.

Lucio intercepte mon regard à l'autre bout de la salle et me sourit tout en m'adressant un clin d'œil. Elnett se retourne pour voir à qui sont destinées ces attentions, et ses narines se dilatent.

Il lui dit quelque chose et elle se retourne, mais il s'en va quelques secondes après. Elnett me regarde tout en regagnant sa table et dit quelque chose à ses amies, avant de prendre son sac.

Je me précipite vers elle pour poser l'addition sur la table avant qu'elles ne s'en aillent. Elles ont tout à fait l'air d'être le genre de clientes à partir sans payer.

— Le mec a dit que c'était offert, dit Elnett avec un visage impassible.

— Ce n'est pas vrai.

— Si, c'est ce qu'il a dit.

— Écoutez, mademoiselle. Vous devez de l'argent au bar et vous allez le payer, sinon j'appelle les flics.

Elle me dévisage de haut en bas, en faisant une moue de dégoût.

— Je ne sais pas pour qui tu te prends à me parler comme ça, mais je ne te dois rien.

— Allez Jinny, paye l'addition, lui intime son amie en tirant sur le côté de sa veste en cuir noire.

Jinny repousse la main de son amie.

— D'accord, mais pas de pourboire pour la salope.

Je ne suis même pas choquée. Alors, au lieu de m'énerver, je lui sors mon plus beau sourire et lui lance :

— Ce n'est pas grave Jinny. Je rentre avec le propriétaire du bar ce soir, et c'est une récompense suffisante pour la dure soirée que j'ai passée à tolérer tes conneries.

Surprise, Jinny se retrouve bouche bée et renverse la tête en arrière.

— Je suis sûre que tu es un mauvais coup. Il va retrouver ses esprits un jour ou l'autre, et je serai là pour m'assurer qu'il trouve ce dont il a besoin.

— C'est pas son truc les potiches, Elnett. Désolée de briser tous tes rêves mais tu n'auras jamais ce mec. Il est à moi, et il le sera toujours. Alors tu peux aller voir ailleurs pour trouver ta prochaine victime et contaminer le monde.

Elle jette un billet de vingt sur la table en montrant les crocs.

— Tu n'es rien d'autre qu'une salope de bourge, m'assène-t-elle pour tenter de me blesser.

— Et justement, il adore mon côté salope, riposté-je avec un sourire encore plus grand.

Elle s'éloigne d'un pas raide en me regardant d'un œil mauvais, puis donne un grand coup dans la porte pour l'ouvrir. Ses amies la suivent en se faisant des messes basses et en me jetant des coups d'œil par-dessus leur épaule.

— Waouh, s'exclame Daphné en me donnant une tape dans le dos. Tu es vraiment devenue une meuf des quartiers sud. Les mecs du Country Club auraient fait une crise cardiaque s'ils t'avaient entendue proférer ces saletés.

— Qu'ils aillent tous se faire foutre, dis-je, non seulement à l'intention de Jinny, mais aussi de toutes les personnes de mon passé.

Je ne suis plus la carpette de qui que ce soit, et je ne le serai plus jamais.

— Ça c'est ma pote, me félicite Daphné en passant son bras autour de mon épaule. Ça vaut largement la peine de payer de ma propre poche pour compléter leur addition, si c'est pour pouvoir assister à ce genre de spectacle.

— Qu'est-ce qu'il s'est passé ? demande Lucio en arrivant vers nous, l'air inquiet.

— Delilah a une sacrée bouche, lui dit Daphné en pouffant.

— Je sais, réplique-t-il en me faisant un clin d'œil, ce qui ne manque pas de m'embarrasser.

Mon Dieu, j'adore tout le monde dans cette famille, même sa foldingue de sœur. J'ai enfin l'impression de faire partie de quelque chose de plus grand et de plus fort ; de quelque chose qui va durer.

CHAPITRE 18
LUCIO

JE SUIS DEBOUT contre le mur du fond, les bras croisés, et je regarde la file d'attente du guichet se résorber bien trop lentement à mon goût.

On a déjà passé plusieurs heures à faire des demandes pour obtenir une nouvelle carte de sécurité sociale ainsi qu'une copie de son acte de naissance, pour qu'elle puisse avoir un nouveau permis de conduire. La préfecture est l'endroit que je déteste le plus, mais c'est inévitable, au vu de la situation actuelle de Delilah.

Elle a attendu quelques jours en espérant que son père finisse par lui envoyer ses affaires pour qu'elle n'ait pas à tout remplacer. Mais ce bâtard ne lui a rendu ni son portefeuille ni son argent.

Toute cette situation me rend furieux, mais Delilah m'a supplié de la laisser s'en occuper. Fidèle à moi-même, j'agis dans l'ombre pour réfléchir à comment l'aider à récupérer son argent ainsi que les autres affaires qu'elle a laissées au penthouse de son père.

Mon téléphone vibre. Il s'agit de l'avocat que j'ai contacté, un habitué de *Accro & Tumulte*, à qui j'ai demandé de trouver un moyen d'aider Delilah à récupérer son argent sans qu'elle ait besoin de passer par le tribunal.

— La lettre va être distribuée aujourd'hui, m'annonce Sal sans même un bonjour.

— Merci, Sal.

Je pointe le menton vers Delilah qui fait rebondir Lulu sur ses genoux en me regardant.

J'ajoute :

— J'espère qu'il va recouvrer ses esprits.

— Je suis sûr qu'il va vouloir rester à l'abri des regards et éviter le tribunal.

— S'il n'est pas complètement con, il va faire ce que tu lui as demandé.

— Ce qu'il a fait n'a aucun fondement juridique et il est voué à perdre si ça se termine au tribunal. Mais, ajoute-t-il en baissant la voix, tu peux sûrement trouver un autre moyen de le convaincre s'il traîne les pieds.

— Sal, je ne peux pas.

Je sais très bien ce qu'il sous-entend. C'est hors de question que je demande à Johnny ou à n'importe quel autre homme de main de mon père d'intervenir pour employer la manière forte sur le père de Delilah.

Non pas qu'il mérite un meilleur traitement, mais j'ai déjà promis à Delilah que je la laisserais s'occuper de tout. En plus, je risquerais d'avoir des problèmes si Johnny utilisait ses « méthodes spéciales ».

— Il ne voudra pas aller au tribunal. Il a une réputation à préserver, Sal. Occupe-toi de ça.

— D'accord. Je te contacterai dès que j'aurai des nouvelles de lui ou de son avocat.

— Merci, Sal, dis-je en raccrochant car il n'est pas non plus du genre à dire au revoir.

Ça a le don de me rendre fou, ça aussi.

— Qu'est-ce qu'il y a ? demande Delilah, qui s'avance vers moi, Lulu dans les bras.

— Rien, bébé, assuré-je en l'enlaçant pour qu'elle puisse s'appuyer contre moi. Et si on allait faire du shopping après ? Lulu et toi auriez bien besoin de nouveaux vêtements.

— Lucio, dit-elle en levant ses yeux vers moi et en secouant la tête. Je me suis fait quarante-trois dollars de pourboire hier soir. Je ne vais pas pouvoir acheter grand-chose avec cet argent.

— J'ai de l'argent, moi.

Elle se dégage de mon étreinte en faisant glisser Lulu le long de sa hanche et me dévisage.

— Je ne vais pas te laisser m'acheter des vêtements.

— Je sais que tu ne vas pas me laisser, mais je vais le faire quand même.

Elle plisse les yeux et je me prépare à un débat, que je vais évidemment gagner.

— Je ne peux pas te laisser faire ça.

Je tapote sur son nez en souriant.

— Tu es mignonne, petite poupée.

— Je suis sérieuse, Lucio, rétorque-t-elle sévèrement comme si sa voix de maman avait le moindre effet sur moi.

— Même si tu es sexy dans les vêtements de ma sœur, je ne suis pas sûr que les shorts déchirés, les t-shirts de heavy-metal et les robes si décolletées que tu pourrais presque allaiter Lulu sans avoir besoin d'écarter le tissu soient vraiment ton style.

Elle baisse les yeux vers le vieux t-shirt Metallica et fait la moue. Elle sait que j'ai raison. Je vois bien dans son regard qu'elle déteste les vêtements qu'elle porte.

— Seulement si je peux te rembourser après, alors.

Je l'attrape par la taille pour la rapprocher de moi à nouveau.

— On ajoutera ça à ta note.

— Numéro 156, crie une femme.

— C'est moi, répond Delilah en me tendant Lulu avant de courir vers le guichet en se faufilant dans la masse de personnes.

— Est-ce que Lulu veut de belles robes ? demandé-je à la petite comme si elle pouvait me répondre. Je pense que maman en veut, elle.

Lulu sourit en levant la main pour jouer encore avec mes lèvres.

Delilah sort une liasse de billets d'un dollar et les pose sur le guichet à côté de ses papiers, puis les pousse vers la femme de l'autre côté. La femme lève les yeux au ciel, exaspérée par Delilah sans même savoir ce qu'elle a vécu ces derniers jours.

Delilah regarde par-dessus son épaule en souriant, mais je sais que toute cette situation doit la blesser un peu. Elle n'est pas habituée à tout ça, mais elle accepte tout sans ciller ni se plaindre.

Une femme moins forte aurait capitulé et serait retournée en courant chez papa pour encaisser son héritage, mais pas Delilah. Peut-être que c'est cette attitude qui m'a le plus attiré chez elle. Elle sait se relever, et aller de l'avant sans le moindre problème.

Quand la femme lui tend son permis de conduire, Delilah est aux anges et la remercie comme si elle venait de faire pour elle quelque chose d'extraordinaire, et pas seulement son travail.

— Regarde ce que j'ai ! se réjouit-elle en s'avançant vers moi en ondulant des hanches.

À la façon dont elle se comporte, on dirait qu'elle vient juste de gagner au loto, plutôt que de remplacer ses papiers d'identité.

— Allons l'essayer, lui dis-je en passant mon bras autour de ses épaules, et en nous dirigeant vers la porte.

— L'essayer ?

Je vois la confusion dans son regard, et même si je sais qu'elle voudrait que je l'éclaire, je ne le ferai pas.

— On a une grosse journée devant nous, annoncé-je sans en dévoiler plus.

Delilah ne m'en demande pas plus en me prenant Lulu des bras et nous sortons.

— Première étape, le plus gros centre commercial de Chicago.

— Lucio, dit-elle, la menace d'un avertissement planant dans sa voix. Je n'ai pas besoin de nouveaux vêtements, ceux-là conviennent très bien.

— Pour une adolescente dans les années quatre-vingt-dix, peut-être, mais pas pour une femme ni une maman.

Elle plisse les yeux en les levant vers moi tandis que je lui ouvre la portière.

— Ne m'oblige pas à porter des vêtements de maman. Sinon je vais…

— Tu vas quoi, ma chérie ? la taquiné-je.

Un vieux tas de fringues démodées est bien la dernière chose que j'ai envie de voir sur elle, mais elle mérite de posséder de belles choses.

— On ne va pas tout dévaliser ; j'ai juste envie de te voir dans des vêtements d'adulte qui mettent en valeur ton corps de rêve, mais de façon chic.

Elle s'avance pour installer Lulu dans la Jeep pendant que je mate son adorable petit postérieur.

— Je pensais que tu aimais bien la robe que je portais l'autre soir.

— Je l'aimais bien, mais le fait que tu portes un truc si léger alors que je n'étais pas là m'a moins plu.

— Tu es jaloux ? dit-elle avec un sourire en se retournant.

— Cupide.

Je claque la portière avant de coller Delilah sur le côté de la Jeep de ma sœur. Je l'attrape par la taille, en enfonçant mes doigts dans sa peau.

— Je n'aime pas partager, ma chérie.

Elle pose ses mains sur ma poitrine et agrippe mon t-shirt avec un sourire malicieux.

— Moi non plus, bébé.

— Et ça ? demande-t-elle en sortant de la cabine d'essayage en tournant sur elle-même, ce qui soulève sa jupe, et révèle ainsi sa culotte en dentelle.

— Pas pour le travail, répliqué-je précipitamment sous les applaudissements de Lulu, fascinée par les mouvements du tissu. Mais il y aura plein d'autres occasions pour la porter.

À force d'être resté assis sur la petite chaise à côté des cabines d'essayage pendant une heure, je ne sens plus mes fesses ; mais le sourire de Delilah en vaut entièrement la peine.

— J'adore le tissu, se réjouit-elle en passant la main sur ses fesses pour lisser la matière. Tu veux le sentir ? ajoute-t-elle avec un sourire en coin.

— Tu veux me torturer, aujourd'hui.

Si je touche la matière, je vais toucher ses fesses. Si je touche ses fesses, ça risquerait de mal se terminer, avec notamment un petit voyage au poste de police parce que je n'aurais pas réussi à me retenir.

— C'est pas grave. Je vais ramener ce joli cul dans la cabine d'essayage et essayer autre chose.

Elle ondule des hanches en marchant, et se moque de moi en me voyant m'agiter sur la chaise.

— Tu es sûre que tu ne veux pas toucher ? insiste-t-elle en remuant les fesses avant de se retourner pour me faire face. Juste un peu ?

Elle me taquine en soulevant un sourcil, ainsi que l'avant de la jupe.

Je cache les yeux de Lulu qui essaie immédiatement de retirer mes mains.

— Le bébé, Delilah.

Delilah glousse presque tandis que mon regard devient de plus en plus ardent. Je vais lui faire payer. Je déteste faire du shopping, mais avec elle, c'est un mélange de plaisir et de douleur.

— Tu as encore cinq minutes et on part d'ici, lui dis-je, lassé par le défilé de mode et prêt à la ramener à la maison.

— Patience est mère de toutes les vertus.

Elle sourit en refermant doucement la porte, et en me regardant avec un sourire sexy à travers la fente.

— La générosité aussi, bébé, dis-je en regardant sous la porte la jupe tomber sur le sol. Et tu vas vite comprendre ma générosité.

— J'ai dit que je ne voulais pas que tu m'achètes des vêtements.

Elle remet son short et la porte de la cabine s'ouvre à nouveau. Elle ajoute :

— Je ne te l'ai jamais demandé.

Elle attrape une grosse pile de cintres où sont accrochés tous les vêtements que j'aimais bien, et je vois bien que ça la dérange.

— Je ne parlais pas des vêtements.

— Tu veux que je te rembourse en nature ?

Elle fait mine d'être dégoûtée, mais je sais bien qu'elle va adorer tout ce que je vais lui faire. J'attrape son menton entre mes doigts et approche mes lèvres à quelques centimètres des siennes.

— Non ma chérie, c'est moi qui vais tout faire.

Ses yeux bleus brillent tandis qu'elle renverse la tête en arrière, me regardant avec tant d'envie que je sens la chaleur irradier autour d'elle.

— J'aime votre style, monsieur Gallo.

— Tu n'as encore rien vu, bébé.

Je mordille sa lèvre.

Lulu me donne un coup sur le bras et laisse échapper un petit grognement pour nous rappeler sa présence.

— Rentrons, lui dis-je. La petite a besoin d'une sieste, et moi, j'ai besoin de Delilah.

— Putain, grogne-t-elle en se retirant. Entre le travail, Lulu et toi, je n'ai le temps de rien faire.

— Bébé, tout ce dont tu dois t'occuper, c'est nous.

Je lui tape les fesses quand elle sort de la cabine, mon portefeuille déjà sorti, parce que je ne veux pas perdre une minute de plus. Tout ce que je veux, c'est être au-dessus d'elle, la toucher, la dévorer.

CHAPITRE 19
DELILAH

LUCIO RAMPE HORS DU LIT, et je roule sur le côté, bien trop détendue et fatiguée pour sortir du lit en même temps que lui. Quelqu'un frappe à la porte, mais même s'il s'agissait de Dieu en personne, je ne me résoudrais pas à quitter ce lit douillet.

Les oiseaux gazouillent à la fenêtre. Je les trouve un peu trop joyeux à mon goût. J'ouvre un œil pour regarder le réveil, et je laisse échapper un grognement en réalisant que Lulu ne va pas tarder à se réveiller.

Soudain, j'entends la voix de Lucio gronder. Je bondis sur mes pieds pour courir jusqu'à la fenêtre sur la pointe des pieds. Je tire le rideau pour essayer de me cacher parce que je ne voudrais pas qu'il pense que je ne lui fais pas confiance.

Je sens mon cœur bondir dans ma poitrine à l'instant où j'aperçois son visage. Dwight se tient dans l'allée menant à la porte, en train d'agiter les bras tandis que Lucio lui crie dessus. Il s'avance, et Dwight recule, sachant pertinemment qu'il n'est à la hauteur ni de la carrure ni de la force de Lucio.

J'attrape un jean qui traîne sur le sol et l'enfile avant de revêtir un t-shirt propre tout en traversant le salon. Je manque de trébucher à chaque pas tandis que je me dirige vers la porte, et vers l'homme qui nous a abandonnées.

Je suis si furieuse que j'en ai les mains qui tremblent, et ma respiration devient tellement rapide que je suis sur le point d'entrer en hyperventilation. Ça fait neuf mois que Dwight s'est évanoui dans la nature. Je pourrais presque me dire qu'il a vraiment des couilles de se pointer ici, mais je sais que ce n'est même pas le cas.

Je distingue clairement la voix de Dwight depuis le salon, qui crie sur Lucio :

— Je veux voir mon enfant !

— Ta fille ou ton fils ? rétorque Lucio.

Je ne vois pas son visage, mais il a les bras croisés sur sa poitrine et ressemble à Hulk devant Dwight. Ce dernier le regarde sans rien répondre. Ce crétin ne sait même pas, parce qu'il est parti avant même qu'on apprenne que j'attendais une fille ; et il n'a jamais appelé ni envoyé de message pour savoir si l'une d'entre nous avait survécu.

Ma main est posée sur la poignée de la porte, mais quelque chose m'empêche de sortir. J'ai beau le détester de tout mon être, je lui suis tout de même reconnaissante d'être parti comme ça. Cela aura évité à Lulu de s'attacher à lui et de connaître la douleur de l'abandon.

— Je veux voir mon fils ! crie Dwight qui creuse ainsi sa propre tombe.

— Tu as une fille, connard.

— Va te faire foutre. C'est la mienne et Delilah est ma copine.

— Ça fait longtemps que ce n'est plus le cas. Elles sont à moi, maintenant.

Je sens un frisson me parcourir en entendant Lucio prononcer ces mots. J'ai l'impression que je ne me lasserai jamais de l'entendre dire, que je suis à lui. Le fait qu'il réclame également Lulu fait gonfler mon cœur de fierté, d'amour et d'espoir.

— Où est Delilah ?

Je tourne la poignée et m'avance sur le porche, me sentant plus forte que jamais. Je ne suis plus la fille timide qui essaie d'être toujours correcte et gentille.

— Qu'est-ce que tu veux, Dwight ?

Il me regarde de la tête aux pieds, comme si j'étais un prix qu'il avait déjà remporté.

— Je suis revenu pour toi, bébé.

J'éclate de rire en me tenant le ventre.

— Qu'est-ce qui te fait croire que je veux de toi ?

— On a créé une vie ensemble.

Il s'avance vers moi mais Lucio tend son bras et appuie sa paume contre le torse de Dwight. Ce dernier ajoute :

— On s'aime.

— Ah bon ?

Je reste bouche bée, les yeux écarquillés, et me

moque totalement de cette personne sans intérêt en ajoutant :

— Tu veux dire avant ou après que tu m'as quittée ?

Dwight plisse les yeux et essaie d'écarter Lucio, mais il n'est même pas assez fort pour le faire ne serait-ce que vaciller.

— Ne sois pas comme ça. Tu sais que j'étais obligé de partir.

Je descends les escaliers aussi lentement que possible, mes yeux rivés sur lui.

— Tu t'es fait arrêter ?

— Non.

— Tu as été envoyé en mission secrète ? demandé-je alors que je me tiens à seulement quelques pas d'eux, laissant Lucio posté entre nous.

— Ne sois pas ridicule.

Je me donne une tape sur le menton et lève les yeux au ciel.

— C'est vrai. Tu ne pouvais pas t'occuper d'un bébé. Tu étais un lâche et tu as décidé que tu avais besoin de vivre un peu, comme si j'essayais de te piéger.

Dwight passe sa main dans ses immondes cheveux blonds en fixant le sol.

— Je…

Il commence à parler mais je ne lui laisse pas l'opportunité de trouver une autre excuse stupide.

— Je ne suis pas ta femme.

Je pointe le doigt vers la fenêtre de la chambre de Lulu et j'ajoute :

— Ce n'est pas ta fille. Tu n'es rien pour nous, tout comme nous n'étions rien pour toi.

Quand il essaie de s'avancer vers moi, Lucio l'attrape par le bras et lève un doigt en signe d'avertissement.

— Fais un pas de plus et je te botte le cul.

— Et comment tu as fait pour me trouver, putain ?

— Ton père m'a dit où tu étais, me dit-il en tendant la main. On peut faire en sorte que ça marche à nouveau, nous deux. C'est impossible que tu veuilles d'une vie pareille.

Ses yeux passent de Lucio à moi et il ajoute :

— Tu vaux mieux que ça, Delilah.

Je touche l'épaule de Lucio car je me rends compte qu'il est sur le point de le mettre K.-O. d'un coup dans la mâchoire. Je devrais le laisser faire, mais je n'ai jamais été du genre à utiliser les poings plutôt que les mots.

— Mon chéri, tu peux nous laisser une minute ?

Lucio se tourne vers moi, le visage inquiet.

— Ça va aller, le rassuré-je. J'ai besoin de faire ça.

Lucio secoue la tête sans relâcher le bras de Dwight.

— Je ne pense pas que ce soit une bonne idée.

Je lui touche le visage et ses yeux se ferment.

— S'il te plaît, le supplié-je. Elle a dû se réveiller et doit être affamée.

Je n'ose pas dire son nom. Dwight ne mérite pas de partir d'ici en sachant quoi que ce soit sur Lulu.

Lucio acquiesce avant de se retourner et de toiser Dwight du regard.

— Si je te vois essayer de la toucher, tu ne quitteras pas ce jardin sans un os cassé.

Dwight déglutit et devient pâle comme un linge. Il hoche lentement la tête. Lucio le relâche en faisant mine de foncer sur lui, ce qui fait tressaillir Dwight. Il y a un rictus immense sur le visage de Lucio quand il se retourne vers moi.

— Dwight ne va pas me faire de mal, dis-je en caressant la joue de Lucio. Ça n'a jamais été ce genre d'homme. C'est un lâche, ça c'est sûr, mais il n'est pas violent.

— Je vous laisse cinq minutes avant de revenir.

Je me mets sur la pointe des pieds et m'avance pour l'embrasser passionnément.

— Compris, murmuré-je contre ses lèvres. Mais je n'aurai pas besoin d'autant de temps.

Lucio pose sa main sur ma taille et s'éloigne en me retenant le plus longtemps possible. Sa main glisse sur mon corps tandis qu'il monte les marches. Je le regarde en attendant qu'il soit rentré, avant de m'en prendre à Dwight pour sa disparition.

Je me retourne en plissant les yeux et je lui plante mon doigt dans le ventre.

— Comment oses-tu venir montrer ta sale gueule ici, espèce de connard ?

Il écarquille les yeux en reculant, ne s'attendant de toute évidence pas à ce que je sois si énervée et que je déverse toute ma colère sur lui.

— Tu m'abandonnes, en me laissant avec mon père et un bébé sur les bras. Je sais que tu avais peur, mais sois un homme, putain. J'avais peur moi aussi, mais je ne pouvais pas fuir comme toi.

Il essaie de me toucher la main, mais j'envoie valser son bras et je continue, en appuyant sur sa poitrine de plus en plus fort.

— Oublie notre existence. Tu n'as pas eu trop de mal à faire ça le jour où tu es parti, alors ça ne devrait pas être trop compliqué à refaire.

— Mais elle a le droit de connaître son père.

— Tu n'étais qu'un donneur de sperme, Dwight. Rien de plus. Ton nom est peut-être sur son extrait de naissance, mais…

Je me retourne une seconde et j'aperçois Lucio qui nous observe depuis la fenêtre de la chambre de Lulu. Je continue :

— Cet homme a été plus un père pour elle que toi.

— Delilah, s'il te plaît.

— Je ne sais pas si tu espérais une fin heureuse en te ramenant ici, mais ce n'est pas ce que tu vas avoir. Je vais aller voir un avocat et obtenir des papiers pour te déchoir de tes droits parentaux. Signe-les. Sinon je te jure que j'irai dire à tout le monde au Country Club que tu t'es tiré après m'avoir mise en cloque.

Il reste abasourdi, et je sais que j'appuie là où ça fait mal.

— Que va penser ton papa quand il va apprendre que tu as fui tes responsabilités ?

— Je vais tout lui raconter.

Il s'avance et essaie encore de me toucher, mais je recule.

— Je lui expliquerai. Ne me coupe pas de sa vie. Ni de la tienne.

Je le repousse d'une claque dans la poitrine, ce qui le fait pratiquement perdre l'équilibre et chanceler.

— Signe les papiers, Dwight, sinon…

— Sinon quoi ? me défie-t-il, comme s'il se découvrait une paire de couilles que je ne lui connaissais pas.

— Sinon je ne pourrai pas empêcher qu'il t'arrive certaines choses.

— Qu'est-ce que tu veux dire par là ? s'inquiète-t-il en tordant les lèvres.

Je n'en ai aucune idée, mais je vais trouver un moyen de lui faire payer. La seule chose dont j'ai besoin là tout de suite, c'est qu'il me croie en possession de moyens de le blesser qui sont au-dessus des lois.

— Je connais des gens, affirmé-je simplement, en me demandant si je pourrais demander à Johnny d'intimider Dwight. Je suis sûre qu'il ferait n'importe quoi pour moi, car il a l'air de m'avoir adoptée au même titre que le reste de la famille.

— Tu connais des gens ? demande-t-il, confus.

— Laisse tomber.

Je sais que l'argent est la seule chose qui importe vraiment aux yeux de Dwight, alors je m'avance en ajoutant :

— Tu sais quoi ? Je n'ai plus d'argent, et j'aurais bien besoin d'une pension alimentaire. Tu gagnes combien maintenant ? Dix mille par mois ? demandé-je en souriant, tandis que son visage pâlit de plus en plus.

Je suis sûre que je peux constituer un dossier pour que tu me payes une jolie somme tous les mois.

Son argent est bien la dernière chose que je veux, mais c'est la seule motivation que j'ai trouvée pour ce débile.

Il rejette la tête en arrière et me demande :

— Tu n'as plus d'argent ?

— Plus un centime.

J'insiste sur ce mot en me mettant à le suivre tandis qu'il recule déjà en direction du trottoir.

— Mon père m'a tout volé, mais je suis sûre que tu peux nous aider, n'est-ce pas ? On aurait bien besoin de toutes les pensions alimentaires que tu ne nous as pas encore versées pour pouvoir nous installer ailleurs.

— Les pensions alimentaires que je ne vous ai pas encore versées ?

Il s'étrangle presque avec ses propres mots, et je sais qu'il est en train de faire des calculs dans sa tête.

— Oui, d'après mes calculs, tu nous dois à peu près…

Je me donne une tape sur le menton et m'arrête près du trottoir, mais il continue de reculer.

— … Trente mille.

— Quoi ? C'est n'importe quoi !

Je mens ouvertement. Je n'ai pas la moindre idée du montant qui me serait octroyé par un juge pour la pension alimentaire, mais Dwight est bien trop stupide pour le savoir lui-même.

— Alors. Signe. Les. Putain. De. Papiers.

— D'accord, dit-il en levant les mains en l'air. Tu n'es qu'une racaille ruinée de toute façon.

Je lève les yeux au ciel, pas le moins du monde touchée par l'attaque de ce gros con d'adhérent au Country Club qui ne porte que des cardigans.

— Va te faire foutre, Dwight. Merci pour la baise nulle et pour le super enfant, lui balancé-je en le regardant disparaître au coin de la rue et sortir de ma vie à nouveau.

Cette fois, il ne reviendra pas.

Lucio se tient devant la porte avant même que j'aie eu le temps de me retourner.

— Il est parti ?

— Oui, déclaré-je en me tournant vers lui et en enfouissant mon visage dans son torse dès qu'il se trouve suffisamment proche. C'est un connard.

Il m'enveloppe et me serre fermement dans ses bras.

— Je suis fier de toi.

À ses mots, je suis envahie d'une douce chaleur et je me sens mieux que jamais. Lucio me fait cet effet. Grâce à lui, je me sens mieux dans ma peau, plus confiante et plus forte que je ne l'ai jamais été.

CHAPITRE 20
LUCIO

— J'AI SORTI DES SHOOTERS, annonce Daphné en contournant le comptoir avant de se diriger vers le milieu de la salle.

Nous sommes en train de nettoyer et de préparer le bar pour le service de demain. Il y a eu du monde ce soir, beaucoup plus que depuis longtemps.

— Je suis épuisée, soupire Delilah en essuyant la dernière table.

— On est samedi soir. On ne peut pas partir maintenant.

Daphné dépose une bouteille de vodka sur la table, ainsi qu'une assiette contenant des citrons coupés en rondelles et du sucre.

— Je mets le holà et j'exige de faire une activité pour renforcer notre esprit d'équipe.

Angelo hausse un sourcil et me jette un coup d'œil.

— C'est mon dernier week-end sans les enfants, dit-il, comme pour essayer de se justifier de quelque chose.

— C'est bien pour ça que tu dois te bourrer la gueule, réplique Daphné en désignant la table. On a une nouvelle employée, et ça va être super à la fois pour renforcer notre esprit d'équipe et pour notre moral.

Quand je me mets à grogner, Daphné traverse la salle pour venir me prendre par la main.

— On a tous besoin de se détendre un peu avant que la farce ne commence.

Elle fait référence à notre père. Dès que les gens ont entendu dire qu'il allait bientôt être libéré de prison, ils ont tous commencé à se radiner en masse pour tenter d'apercevoir le mafioso local.

Delilah s'avance vers nous, s'assoit et retire ses chaussures pour se frotter les talons.

— J'ai trop mal aux pieds, gémit-elle.

Le son qu'elle produit est si proche de celui qu'elle émet quand je lui enfile ma queue que ça me fait bander presque instantanément.

— On a le temps de prendre un verre, non, Lucio ?

— Une heure, acquiescé-je en m'asseyant à côté d'elle.

— Allez tout le monde ! crie Daphné en tapant des mains. Je dis bien : « tout le monde ».

— C'est quoi ton activité pour renforcer l'esprit d'équipe ? demande Angelo qui sait très bien que ça ne sert à rien de débattre avec elle.

— « Deux mensonges et une vérité », dit-elle en nous regardant avec un sourire. C'est la meilleure façon d'apprendre à se connaître.

Je ne sais pas si ça va aider à quoi que ce soit. On a

presque tous grandi ensemble, et il n'y a pas grand-chose que l'on ne connaisse pas déjà les uns sur les autres.

— C'est sûrement la pire idée que tu aies eue jusqu'à présent, grommelle Angelo.

Daphné s'assoit en ignorant l'humeur grincheuse de notre frère et commence à servir les shots.

— On a une nouvelle employée. Ça serait cool d'apprendre à la connaître un peu mieux, non ?

— Je n'ai rien contre un petit verre pour se détendre, Daph, mais des shots c'est un peu trop, dit Michelle en s'asseyant à côté de Daphné et en tirant le verre vers elle.

— T'es pas une petite nature, arrête de te plaindre.

Tout le monde est assis, sauf Vinnie qui n'est pas là. Il n'est jamais vraiment là, mais c'est son dernier week-end à la maison avant de reprendre l'école pour finir le semestre du printemps.

Delilah pose une main sur ma jambe et son visage sur son autre main.

— Je n'ai jamais joué à ça, avoue-t-elle.

— Oh mon Dieu. C'est facile. Tu trouves deux mensonges et une vérité sur toi. Tu nous les dis et on doit deviner lequel est le mensonge.

— Et quand est-ce qu'on boit ? demande Delilah en regardant un des shots remplis de vodka.

— Si tu te trompes, tu dois boire.

— Je suis un détecteur de mensonges humain, réplique Delilah en souriant. Préparez-vous tous à vous faire massacrer.

— Tu parles beaucoup pour une si petite fille, la taquine Angelo. Je comprends pourquoi tu travailles si bien.

Il nous regarde l'un et l'autre puis ajoute :

— Je commence.

Tout le monde l'écoute attentivement.

— J'ai perdu ma virginité à quatorze ans, je suis déjà sorti avec une femme de vingt ans de plus que moi, et ça fait deux ans qu'aucune femme ne m'a touché.

Je hausse un sourcil. Je sais que les deux premières affirmations sont vraies, ce qui veut dire que le mensonge est sa dernière. Je trouve ça surprenant qu'il ait fréquenté quelqu'un, parce qu'il n'a pas pris la peine de le dire à qui que ce soit.

Delilah penche la tête sur le côté et observe mon frère.

— Facile. C'est le dernier, ton mensonge, dit-elle comme si elle l'avait connu toute sa vie.

— Qu'est-ce qui te fait croire ça ? demande Angelo en s'enfonçant dans sa chaise.

— Ce n'est pas possible que tu sois resté abstinent pendant deux ans. Tu n'es pas si grognon que ça. Je veux dire, tu es intense et tout, mais pas assez pour que ce soit vrai.

Toute la table explose de rire. Daphné s'arrête soudainement et donne un coup sur la table.

— Attends, dit-elle en se tournant vers lui, bouche bée. Qui as-tu fréquenté derrière notre dos ?

— Ça ne te regarde pas, réplique-t-il avant d'avaler

son shot en grimaçant. Tu n'as pas besoin de connaître toute ma vie.

Je remarque le regard qu'il jette discrètement à Michelle, mais je ne dis rien, car ça ne me regarde pas avec qui couche mon frère.

— À toi, Delilah, dit Daphné dont la voix est un peu moins enjouée qu'il y a une minute.

Daphné déteste ne pas être dans le coup. Elle a tellement l'habitude de venir mettre le nez dans nos affaires qu'elle doit être un peu blessée par cette révélation.

— Alors attends. Tu as couché avec une femme qui avait vingt ans de plus que toi ? C'était qui ? demande Delilah, l'air choqué.

— Madame Kinsey.

C'est moi qui réponds à la place d'Angelo, parce que tous les mecs sont passés à la casserole avec elle dans notre jeunesse.

— Qui ? demande Daphné, en fronçant les sourcils. C'est qui ça ?

— C'est un truc de mec, sœurette, réplique Angelo en lui tapotant sur l'épaule.

Daphné se raidit.

— La vieille dame au bout de la rue ?

— Elle n'était pas si vieille, à l'époque, répond Angelo.

Mme Kinsey est devenue veuve vers la quarantaine, mais elle n'avait pas l'air d'avoir plus de la trentaine. Tous les mecs du quartier étaient au courant de son existence et de son grand appétit sexuel.

— Tu l'as baisée, mec ? demandé-je à Angelo, n'ayant moi-même pas réussi.

Et pourtant, j'ai tenté, Dieu sait que j'ai tenté ! Mais ça n'a pas marché pour moi.

— Elle m'a sucé, ricane-t-il.

— Elle finirait en prison de nos jours.

Daphné se tourne vers Delilah, déjà un peu rouge.

— À toi, ajoute-t-elle en agitant la main.

— Je parle trois langues, j'ai déjà rencontré Brad Pitt, et j'ai déjà été arrêtée une fois.

— Putain, tu as rencontré Brad Pitt ? s'exclame Daphné en écarquillant les yeux. Raconte-moi tout.

Delilah s'esclaffe et pousse le verre de Daphné devant elle.

— Tu bois.

— Merde, sérieux ? grommelle Daphné qui fait la moue en buvant son shooter. La vache, pourquoi tu t'es fait arrêter ?

Je suis aussi choqué que tout le monde d'apprendre ça. Je n'aurais jamais cru que Delilah soit le genre de personne à avoir un casier judiciaire. J'ai été mis en garde à vue plusieurs fois, mais j'étais mineur et j'avais un sale caractère.

— Atteinte à la pudeur, répond Delilah avec un sourire.

Il n'y a plus un seul bruit dans la salle, et tout le monde observe Delilah Miles, d'apparence pourtant si sage.

— Tu ne peux pas juste dire ça sans nous expliquer, protesté-je, une fois de plus fasciné par ma copine.

Tout le monde autour de la table est aussi intéressé que moi. Nous nous sommes tous fait des avis respectifs sur Delilah, mais jusque-là, tout ce que nous avons cru sur elle s'est avéré faux.

— Ce n'est rien de délirant. J'étais en première année à la fac, c'était la semaine d'intégration.

Delilah se redresse dans sa chaise et fait tourner le shooter entre ses doigts.

— Les sœurs de la sororité pensaient que j'étais une prude prétentieuse.

— Sans blague, glousse Michelle.

— Ta gueule, lui lance Delilah comme si elle était avec nous depuis des années.

D'après ce que j'ai remarqué, les filles se sont très bien entendues le soir où elles sont toutes sorties, mais Dieu merci, Carmen et Colleen ne se sont pas pointées ce soir.

— Et donc, pour mon initiation, j'ai dû courir toute nue sur le terrain de foot pendant les échauffements.

— Impressionnant, s'étonne Daphné en agitant les sourcils. Je ne t'aurais jamais crue capable de ça.

— Je n'avais pas pensé aux agents de sécurité qui m'ont presque taclée au milieu du terrain et évacuée du stade avec des menottes.

Daphné engloutit le shot et se racle la gorge sans avoir besoin de prendre du citron ou du sucre.

— Alors.

Elle s'arrête, et elle réfléchit si fort que je vois presque les roues tourner dans sa tête.

— J'ai déjà vomi sur un mec au beau milieu d'une

partie de sexe, je n'ai jamais vu *N'oublie jamais*, et je déteste quand les mecs m'appellent « bébé ».

Je me frotte le visage ; je déteste jouer à ce jeu avec ma sœur. La dernière chose dont j'ai envie, c'est bien d'apprendre des détails sur sa vie sexuelle. Je préfère me dire qu'elle est chaste, et qu'elle a choisi de vivre comme une nonne plutôt que comme l'enfant terrible qu'elle a toujours été.

— Facile, dit Michelle en commençant à rire. Tu n'as jamais vu *N'oublie jamais*.

— Tu n'as pas le droit de jouer quand c'est mon tour, riposte Daphné en pointant un de ses petits doigts tout maigres sur le visage de Michelle. Tu connais tous mes secrets.

— Attends, tu as déjà vomi sur quelqu'un pendant que vous étiez en train de le faire ? demande Delilah, bouche bée.

— Passons à autre chose. À moi.

Je coupe court à la conversation parce que j'en ai déjà trop entendu et que je ne veux pas connaître tous les détails gores. Je continue :

— Je me suis déjà fait payer pour danser, je n'ai jamais pris de drogues et je n'ai jamais menti à maman.

— Qu'est-ce qu'il y a avec maman ? demande ma mère alors qu'elle descend les escaliers, nous terrifiant tous au passage.

— Lucio affirme qu'il ne t'a jamais menti, rapporte Angelo en me montrant du doigt.

— N'importe quoi, déclare ma mère en mettant ainsi fin à mon tour de « Deux mensonges et une vérité ».

— Tu danses ? demande Delilah, les yeux brillants. Comme un strip-teaseur ?

— Ne mens pas, mec. Tu as déjà fait ça plus d'une fois.

Angelo me jette en pâture sans la moindre hésitation.

— J'étais jeune.

Delilah me pince la jambe et me fait un clin d'œil.

— Je veux que tu me montres ça plus tard.

— Bébé, fais-je en m'avançant pour lui toucher la joue. Je te montre ce que je sais faire quand tu veux.

— Je vais gerber, prétend Daphné en mimant un haut-le-cœur.

— J'en ai marre. Je veux ramener Lulu à la maison et coucher mes bébés.

Je me lève et tends la main à Delilah.

— Bon sang, mais je voulais jouer moi, proteste ma mère en me jetant un regard de chien battu, comme si ça allait marcher sur moi.

— J'ai été suffisamment effrayée ce soir. Je ne peux pas en accepter plus, s'esclaffe Delilah en me prenant la main que je lui tends pour l'aider à se relever. Continuez sans nous. Je suis sûre que vous allez apprendre plein de choses.

— Non, je dois y aller, j'ai un rencard, annonce soudainement Daphné.

— Moi aussi, renchérit Angelo.

Il se lève, suivi de Michelle, laissant maman assise là, toute seule.

— Treize heures demain, ne soyez pas en retard, crie

ma mère alors que nous nous dispersons dans toutes les directions.

— Je vais chercher Lulu, attends-moi ici, dis-je à Delilah avant de l'embrasser.

J'ai monté la moitié des marches quand j'entends ma mère dire à Delilah :

— Quand j'étais plus jeune et plus souple, Santino me…

Je me bouche les oreilles et me dépêche de finir de grimper les marches parce que je ne veux surtout pas entendre le reste de sa phrase. Parfois, on apprend trop d'informations d'un coup, et ce soir, j'ai atteint ma limite.

CHAPITRE 21
DELILAH

ASSISE sur le bord du lit, je suis en train de me sécher les cheveux avec une serviette, lorsque la musique se déclenche. Je suis à peine réveillée, car je n'ai pas bu assez de café pour être cohérente ou pour avoir suffisamment d'énergie en ce lundi matin.

Lucio fait son entrée dans la chambre en glissant. Il porte un pantalon de survêtement noir, un débardeur blanc et une casquette de baseball. J'ai l'eau à la bouche à l'instant même où je le vois, et je suis soudain complètement indifférente à l'état de mes cheveux.

Je reconnaîtrais cette chanson entre mille. C'est le générique de *Magic Mike*, et à en juger par la façon dont Lucio ondule des hanches, il a l'air de connaître l'enchaînement par cœur.

Sous mon regard fasciné, il retourne sa casquette de baseball, révélant ainsi son magnifique visage et ses beaux yeux verts. Son regard rencontre alors le mien, ce qui me provoque des papillons dans le ventre. Je reste assise à le regarder tandis qu'il danse autour de la chambre et pointe vers moi son membre de rêve en donnant des coups de reins.

Je tends la main pour essayer d'attraper l'élastique de son pantalon, mais il la repousse et me fait signe que non en agitant ses doigts devant mon visage.

Il se retourne et m'allume en retirant lentement son t-shirt. Les muscles de son dos ondulent au rythme de la musique. Je suis impressionnée par le contrôle qu'il a sur son propre corps. J'arrive parfois à peine à marcher droit, mais lui a un tel contrôle que je suis à la fois envieuse et totalement excitée.

— Enlève-tout ! dis-je en faisant attention à ne pas crier pour ne pas réveiller Lulu. Montre-moi ce que t'as.

Il tourne sur lui-même en gardant les pieds serrés, puis passe une main le long de son abdomen, tandis que les muscles de son bras se contractent et deviennent ainsi plus dessinés. Quand il attrape son entrejambe, je manque de tomber du lit, tellement excitée que j'ai envie de me jeter à ses pieds pour le supplier de m'offrir son sexe.

Mais il saute sur le lit, place ses pieds de chaque côté de moi et commence à frotter son membre contre mon visage. Je mords à travers le tissu pour le titiller autant qu'il le fait avec moi.

Je l'imagine bien faire ça dans une salle remplie de femmes tandis que l'argent vole dans sa direction, parce que bon sang, il est tellement doué et si incroyablement sexy ! J'attrape ses fesses et j'essaie de lui retirer son pantalon, mais il est déjà en train de danser hors du lit avant même que j'en aie la chance.

Mais je ne suis pas d'humeur à jouer franc-jeu. J'ouvre mon peignoir pour dévoiler mes seins, et j'en saisis un dans ma main. Lucio suit mon mouvement du regard, et ne me lâche pas des yeux tandis que j'effleure mon téton avec mon pouce. Il ralentit sa danse quand j'écarte les jambes et que je descends mon autre main avant de glisser mes doigts dans ma mouille.

Il s'avance vers moi et me pousse à la renverse, puis se faufile entre mes jambes en dansant. Je baisse les yeux sur mon corps nu alors qu'il se met à genoux en se dandinant. Il commence ensuite à me donner d'incroyables et généreux coups de langue à l'endroit où j'en avais le plus besoin.

Je ferme les yeux pendant que sa langue tourne sur mon clitoris et m'envoie des vagues de plaisir à travers tout mon corps. Mes doigts agrippent la couette quand il soulève mes cuisses au-dessus de ses épaules et qu'il referme ses lèvres autour de mon clitoris.

Je crie sous l'effet de sa bouche qui me procure un plaisir que je vénère à chaque seconde. C'est un vrai spécialiste, et il a très vite appris à connaître mon corps, ce qui n'est toutefois pas surprenant car je ne suis pas une amante très silencieuse.

Quand il se met à gémir, à l'unisson avec moi, la vibration se joint à sa langue pour former un duo imbattable. Mon orgasme nous prend de court tous les deux, mais c'est moi qui suis la plus surprise. Tout l'air contenu dans mon corps s'échappe et mes orteils se recroquevillent en même temps que mes jambes, tandis qu'il enfouit son visage entre ses cuisses. Je me frotte contre lui et je l'étouffe, mais ça n'a pas l'air de le déranger car il se met à aspirer encore plus fort. La vague déferle sur moi telle une tempête sur une vallée montagneuse, éclipsant tout ce qui se trouve autour.

— Putaaaaain.

Je gémis en retenant mon souffle. J'ai la tête qui tourne.

— C'était si…

— Incroyable et le meilleur de ta vie, dit-il avec un rictus, avant de passer sa langue sur ses lèvres, pour ne pas perdre une goutte de ce que je lui ai offert.

Il essaie de m'aider à me relever, mais je le pousse sur le lit et le chevauche.

— Belle performance, le félicité-je en me frottant contre lui, avec son pantalon pour seule séparation entre nous.

Il esquisse un sourire malicieux, exhibant ses magnifiques dents blanches qui contrastent avec sa peau basanée.

— Quelle partie ?

Il est sûr de lui, mais il a toutes les raisons de l'être.

— Toutes.

Je m'avance vers lui et je lèche ses lèvres pour me goûter.

— Mais ma langue…

— C'est ce que j'ai préféré mais…

Je m'arrête et glisse ma main le long de son corps.

— Je crois que c'est cette partie que j'aime le plus.

Je pose ma main sur son sexe en érection, que je commence à caresser par-dessus le tissu.

Il gémit en soulevant les fesses, tout comme je le fais quand il me lèche. Dès que je baisse l'élastique de son pantalon, sa queue se retrouve libérée et s'agite comme si elle me disait bonjour.

— Elle est encore magnifique. Aucune queue ne devrait être aussi sexy, dis-je en l'attrapant et en la regardant.

— Aucune ne l'est, répond-il. Montre-moi à quel point tu l'aimes.

Je donne des petits coups de langue sur son piercing, et je suis sur le point de le prendre entre mes lèvres lorsque Lulu se met à pleurer. Le corps entier de Lucio se raidit, et je me fige en priant pour qu'elle se rendorme. Nous savons cependant aussi bien l'un que l'autre que ça n'arrivera pas.

— J'y vais, dit-il en me relevant avant de me jeter sur le lit, à côté de l'endroit où il était encore allongé il y a un instant. Mais tu dois finir ça plus tard.

— J'ai hâte que ce soit l'heure de la sieste, m'es-claffé-je.

Je culpabilise presque en le regardant remettre son pantalon et essayer de caler son membre rigide sous le tissu très fin. La matière ne cache en rien son érection et il sort de la chambre comme s'il était doté d'un troisième bras.

Je me laisse rouler et tomber du lit, et je ferme mon peignoir en me mettant debout. Je me souviens que je n'ai pas le temps de terminer ce que je viens de commencer parce que j'ai un rendez-vous chez l'avocat cet après-midi.

Comme promis, Dwight a reçu des papiers à signer qui révoqueront ses droits parentaux ainsi que tous futurs liens avec Lulu. Après aujourd'hui, je n'aurai plus jamais de raison de le revoir.

Un jour, quand Lulu aura grandi et me posera des questions, je lui dirai tout ce que je pourrai, tout en faisant en sorte qu'elle ne se sente pas mal. Je sais que c'est ce qu'il y a de mieux pour elle, mais aussi pour moi.

— Bébé.

Lucio tient Lulu dans ses bras comme s'il avait fait ça depuis le jour de sa naissance. La façon dont il la tient fait bondir mon cœur dans ma poitrine. Il est si tendre et si gentil avec elle, malgré sa carrure et le fait qu'il ne soit fait que de muscles.

— N'oublie pas que je dois aller chez l'avocat aujourd'hui.

— Je t'accompagne, dit-il en frottant le dos de Lulu pour tenter de calmer ses pleurs.

— Tu n'es pas obligé. Je suis sûre que tu as des choses à faire.

— Delilah.

Il me lance ce regard. Celui qui me fait comprendre que je dis n'importe quoi.

— Le seul endroit où je veux être, c'est avec mes deux filles préférées.

Il inclut toujours Lulu. Il n'y a plus que moi, et Lucio nous respecte et nous accepte toutes les deux.

— D'accord, concédé-je en passant mon bras autour de lui et en avançant pour embrasser Lulu. Je veux que tu viennes avec moi plus que tout.

— Hé, commence-t-il avant de s'arrêter jusqu'à ce que je le regarde. Tu n'auras plus rien à traverser seule. Je suis là et je compte y rester.

J'ai envie de le remercier, mais les mots ne me paraissent pas suffisants pour exprimer ce que je ressens. Je n'ai jamais eu quelqu'un sur qui compter qui ne m'ait pas laissé tomber. Lucio n'est entré dans ma vie qu'il y a peu de temps, pourtant je ne peux pas imaginer finir à nouveau seule.

CHAPITRE 22
LUCIO

— SAL, le salué-je en lui serrant la main lorsque nous entrons dans son bureau.

— Tu as l'air en forme, mec.

Sal recule d'un pas et m'observe avant d'ajouter :

— Ça doit être grâce à cette charmante compagnie.

Delilah rougit et sourit, mais lorsque Sal tend la main pour effleurer la joue potelée de Lulu, elle éclate de rire.

— Je parle de vous, bien sûr, Madame Miles, mais je sais que Lucio adore aussi la petite Lulu.

Il nous désigne la petite table vers la fenêtre :

— Asseyez-vous, je vous en prie.

— Merci de vous occuper de ce cas aussi rapidement.

Delilah marche à mes côtés en me tenant la main. Je lui tire la chaise, en bon gentleman, et j'attends qu'elle soit assise pour prendre place à ses côtés.

— Je serai toujours là pour Lucio s'il a besoin de quoi que ce soit.

Delilah me regarde et pose sa main sur la mienne.

— Je ne sais pas ce que j'ai fait pour le mériter.

— Je crois que c'est plutôt l'inverse, ma chérie. C'est moi qui ai de la chance.

Sal me regarde d'un drôle d'air. On a fait pas mal de conneries quand on était gosses, mais contre toute attente, il a suivi des études de droit et a réussi l'examen du barreau, même si je ne l'avais jamais cru assez intelligent pour ça. Je suppose qu'il avait juste appris à cacher son intelligence et à s'intégrer, car sur la rive sud, dans notre quartier, au quotidien, ce sont les muscles qui l'emportent sur l'intelligence.

— Avez-vous rencontré des problèmes avec M. Jones ? demande Delilah en se tournant vers Sal.

— Non, aucun, répond Sal en secouant la tête. Après l'avoir appelé, il est venu à mon bureau le jour même pour signer les papiers.

— Pas étonnant. Quel bâtard.

Delilah chuchote ces derniers mots en se couvrant la bouche pour essayer de cacher son dégoût.

— Il a compris qu'il perdrait si on portait l'affaire devant un juge. Il vous a quand même abandonnées, vous et votre fille.

Sal fait glisser une pochette sur la table, devant Delilah qui la saisit.

— Il aurait peut-être eu droit à des visites sous surveillance, mais il aurait dû commencer à vous verser une pension alimentaire immédiatement.

— Il est trop radin pour se séparer de son argent. Même pour sa fille.

Sa main repose sur le dossier, sur lequel sont écrits son nom ainsi que celui de Lulu à l'encre noire.

— Alors ça y est, c'est fait ? demande-t-elle.

— Vous devez juste signer les papiers à votre tour, puis j'irai les déposer au tribunal.

Elle soulève la couverture et examine la première page, avant de tourner directement à la dernière page, où Dwight a déjà apposé sa signature.

Sal pose un stylo devant elle.

— Avez-vous besoin d'un moment seule ? demande-t-il.

— Non, affirme-t-elle en agitant la main avant de saisir le stylo sur la table. Je ne ressens pas une once de tristesse en moi. Aucun regret. Il ne mérite pas d'être son père, même si ce n'est que sur le papier.

Delilah appose son nom à côté de celui de Dwight, en déchirant presque la feuille quand elle écrit le point sur le « i » de son nom de famille.

— Dans combien de temps est-ce que ce sera définitif ?

— Les cours sont lentes et engorgées, mais ça ne devrait prendre que quelques semaines.

— Parfait.

Je me tourne vers Delilah et lui prends la main.

— J'ai quelque chose à te demander, annoncé-je.

Ses yeux s'écarquillent et j'ajoute donc :

— Pas ça.

Ma phrase n'était pas très délicate. Mais si je lui

demandais de m'épouser, ça ne serait certainement pas dans le bureau de Sal.

— Je t'aime.

— Je t'aime aussi, répond-elle précipitamment.

— J'aime Lulu.

— Et elle t'adore.

— Que dirais-tu si je…

Mon Dieu, je m'apprête à dire des mots que je n'aurais jamais cru prononcer un jour, et mon estomac se noue de concert avec mon pouls qui s'accélère.

— Que dirais-tu si j'adoptais Lulu ?

Delilah ne fait que cligner des yeux. Ses lèvres s'entrouvrent de surprise, et elle me regarde fixement. Je ne suis pas sûr qu'elle m'ait bien entendu, parce qu'elle ne répond pas tout de suite. Ses lèvres bougent, mais aucun mot n'en sort.

— Elle a besoin d'un père, ma chérie. C'est ce que je veux être pour elle. Je l'aime comme si c'était la mienne et je ne veux jamais qu'elle pense qu'elle n'était pas voulue.

— Attends, dit Delilah en se tortillant sur sa chaise, tandis que je commence déjà à apercevoir les larmes qui lui montent aux yeux. Tu veux l'adopter ? répète-t-elle comme si elle n'arrivait pas à y croire.

— Oui, acquiescé-je en pressant ses doigts entre les miens. Plus que tout.

— Tu veux être son père ? demande Delilah.

Une larme coule le long de sa joue alors qu'elle cligne des yeux, puis elle ajoute :

— Genre, pour toujours ?

— C'est souvent comme ça que ça marche.

Je sais que c'est un pas énorme et qu'elle risque de me dire que je suis complètement fou et refuser de me laisser adopter Lulu, mais je dois essayer.

— J'en ai beaucoup discuté avec maman. Elle est d'accord avec moi sur ça. On veut tous que Lulu fasse partie de notre famille, pour toujours.

— Je ne sais pas quoi dire, murmure-t-elle, et encore plus de larmes se mettent à ruisseler.

Je sèche ses larmes avec le dos de ma main avant de poser ma paume contre sa joue pour encercler son visage.

— Je n'ai jamais aimé personne comme je t'aime, Delilah. Mais Lulu, elle me mène par le bout du nez. Je veux qu'elle soit mienne. Si tu refuses, je comprendrai, mais je…

Je n'arrive pas à finir ma phrase que la bouche de Delilah est déjà sur la mienne. Ses mains attrapent mon visage et elle me couvre de baisers. Ses larmes n'arrêtent pas de couler. Elle pleure encore plus fort que tout à l'heure, mais elle est heureuse.

— Oui ! s'exclame-t-elle, si fort qu'elle fait sursauter Lulu qui se met alors à crier un moment dans mes bras.

— Tu es sûre ? lui demandé-je entre deux baisers.

— Tu es déjà un père génial pour elle, Lucio. Meilleur que le mien ne l'a jamais été, et tu es un homme d'une plus grande valeur que Dwight ne le sera jamais. Lulu serait tellement chanceuse d'avoir un homme aussi fantastique que toi en tant que père.

— Sal, dis-je en lui jetant un coup d'œil sans pour autant me tourner vers lui, car Delilah est encore attachée à mon visage et en train de me couvrir de baisers. Prépare la paperasse.

Sal acquiesce et applaudit bruyamment. Cette fois, Lulu se met à pleurer, effrayée par tout cet enthousiasme présent dans la pièce.

Delilah me la prend des bras et l'enlace très fort.

— Tu as un papa, maintenant, lui annonce-t-elle, et je manque de m'étrangler en entendant ces mots.

— Dès que le formulaire sera accepté par la cour, je pourrai commencer les démarches d'adoption officielles.

Tout sourire, il hoche la tête avant d'ajouter en sortant un autre dossier de son bureau :

— Il y a autre chose dont je dois vous parler. Lucio m'a prévenu pour votre père et, à titre personnel, je lui ai envoyé une lettre pour qu'il restitue l'argent qu'il a retiré de votre compte.

— Vraiment ?

Delilah me dévisage et je lui lance un sourire nerveux.

Je suis peut-être allé trop loin avec cette faveur, mais son putain de père ne méritait pas de garder l'argent qui appartenait légitimement à Delilah.

— Oui, et j'ai reçu une réponse par courrier hier, avec une preuve que votre compte bancaire a été de nouveau rempli.

Delilah écarquille les yeux quand Sal fait glisser le

dossier devant elle, en ouvrant la première page pour lui montrer la preuve de dépôt.

Cet enfoiré a eu suffisamment de bon sens pour lui rendre chaque centime. Je n'allais pas rester sans rien faire. J'allais le faire rembourser Delilah d'une façon ou d'une autre, mais je suis content qu'il n'ait fallu qu'une lettre bien sentie pour le pousser à l'action.

Elle passe son doigt sur le papier en regardant le chiffre.

— Je n'arrive pas à le croire. Je ne sais pas comment vous remercier tous les deux pour tout ça.

— Pas besoin de remerciements, dit Sal en m'enlevant les mots de la bouche. C'est toujours agréable d'aider quelqu'un qui le mérite.

Les yeux de Delilah se remplissent de larmes et sa gorge est tellement serrée qu'elle ne parvient pas à prononcer autre chose.

— Je vais inviter mes deux filles à déjeuner pour fêter ça, déclaré-je en me relevant et en tendant la main pour remercier Sal de son aide.

Mais ce dernier contourne la table et vient me prendre dans ses bras pour me faire un énorme câlin.

— Je n'aurais jamais cru te voir un jour devenir sentimental, mec. Ça te va bien.

Je ne marmonne même pas. Rien au monde ne pourrait me faire redescendre, car je sais que je vais avoir une fille, et peut-être bientôt j'espère, une femme.

Lulu dort dans sa poussette à côté de la table. Elle est épuisée après toute l'excitation de tout à l'heure. Le soleil brille au-dessus de nous lorsque nous nous installons sur la terrasse de Park Grill, donnant sur Grant Park.

Mon doigt glisse dans ma poche et joue avec la bague en diamant que j'ai choisie hier avec l'aide d'Angelo. J'ai un peu exagéré, mais je n'ai pas pu m'en empêcher. Je ne voulais pas que Delilah se balade avec une bague merdique. On a beau répéter que la taille ne compte pas, je sais que c'est des conneries.

— Champagne, annonce la serveuse qui nous présente la bouteille en attendant notre approbation.

— C'est parfait, lui dis-je avant qu'elle ne remplisse deux verres.

— Je n'arrive pas à croire qu'on est en train de fêter ça, s'exclame Delilah, toujours perchée sur son petit nuage.

— J'ai eu un peu peur, avoué-je.

Tout aurait pu très mal se passer. Delilah aurait pu refuser, et vouloir continuer notre relation telle qu'elle était jusqu'à présent. Elle aurait pu se dire que les gens allaient penser qu'on était fous. On ne se connaît que depuis quelques semaines après tout, mais je ne peux déjà plus imaginer les laisser, ni elle ni Lulu, sortir de ma vie à ce stade.

— Je suis désolée de t'avoir fait peur.

Elle touche le pied de la flûte de champagne et me regarde à travers ses cils.

— J'étais juste tellement sous le choc.

Je sais que ce que je m'apprête à faire risque d'être un autre choc à encaisser, et je prie pour qu'elle dise oui. Nous sommes tous les deux de trop bonne humeur pour que quelque chose vienne détruire le bonheur que l'on mérite tous les deux.

Je suis presque sûr qu'elle va dire oui. Je ne l'ai jamais vue sourire avec autant de facilité qu'avec moi. Quand elle est arrivée au bar pour la première fois, c'était une personne complètement différente. Il lui a fallu un peu de temps pour se détendre et s'ouvrir, mais une fois qu'elle y est parvenue, il n'y avait plus de retour en arrière possible.

De l'autre côté de la terrasse, un bruit attire l'attention de Delilah, et je prends conscience que c'est ma seule chance de pouvoir la surprendre. Je me mets à genoux et sors la bague de ma poche avant qu'elle ne se retourne.

Quand elle regarde par-dessus la table et qu'elle ne me voit plus, elle panique presque. Mais lorsqu'elle m'aperçoit... Mon Dieu, quand elle me voit sur un genou, en train de tenir une énorme bague brillant sous le soleil tel un phare en pleine nuit, ses yeux s'écarquillent et elle sursaute.

— Delilah Miles, me feriez-vous l'honneur de devenir ma femme ? demandé-je précipitamment, car je sais qu'elle est sur le point de se mettre à pleurer à nouveau, et bon sang je n'en mène pas large moi non plus.

Mon cœur bat à tout rompre, et toutes les voix autour de nous semblent devenir silencieuses. Tout le monde regarde et attend en retenant son souffle, tandis que je suis à genoux devant elle, en priant pour qu'elle dise oui.

— Putain. C'est une blague ? demande-t-elle.

— Bien sûr que non, ma chérie. Je n'ai jamais aimé personne comme je t'aime. Je ne pense qu'à toi et à Lulu tous les jours. Le seul endroit où je veux être, c'est à tes côtés. Je veux que tu sois à moi pour toujours. Je veux t'épouser devant toute ma famille et devant Dieu. Je ne peux pas imaginer un seul autre jour sur cette planète sans toi.

— Oui ! Oui ! Oh mon Dieu, oui ! crie-t-elle et des larmes commencent à couler tandis que je lui glisse la bague au doigt.

Elle ne la regarde même pas et ne semble pas non plus remarquer sa taille. J'ai angoissé pendant des heures pour trouver la bague parfaite. J'ai appris tout ce que je pouvais à propos de la coupe, de la clarté et toutes les autres conneries à propos des diamants.

Elle s'avance et passe les mains autour de mon cou.

— Je t'aime Lucio. Je ne veux rien de plus qu'être à toi pour toujours.

Les gens assis autour de nous applaudissent gaiement, eux-mêmes envahis par l'émotion. Les demandes en mariage rendent toujours les gens heureux, même s'ils sont malheureux dans leurs propres vies.

Je la prends dans mes bras et je réalise que c'était écrit.

CHAPITRE 23
DELILAH

— JE VEUX VOIR, s'impatiente Daphné au moment même où l'on franchit la porte du bar.

Je tends la main et agite mon doigt pour lui montrer l'extravagante bague que Lucio m'a achetée. J'aurais été parfaitement satisfaite avec un petit diamant. La taille n'a jamais vraiment compté pour moi. Comment est-ce que ça pourrait être le cas avec un mec comme Lucio à mes côtés ?

— Elle est magnifique, admire-t-elle en approchant ma main de son visage pour observer la bague. Il l'a bien choisie. Je suis impressionnée.

— Où est-elle ?

Je me retourne et je remarque Betty qui descend les escaliers, un énorme sourire illuminant son visage. Elle porte une magnifique robe noire à pois blancs, et ses cheveux sont coiffés comme ceux d'une pin-up dans les années cinquante. Elle est absolument superbe dans cette tenue, et je ne l'ai jamais vue arborer un si grand sourire.

— Voilà ma fille chérie, s'extasie-t-elle en tendant les bras.

Pendant un instant, je m'imagine qu'elle va attraper Lulu, mais quand elle passe les bras autour de moi je ne peux pas refréner un sourire.

— Vous me rendez tellement heureuse.

Elle se recule et m'attrape les joues.

— Tellement, tellement heureuse.

Lucio se racle la gorge pour attirer l'attention de sa mère.

— Je n'allais pas te décevoir, Maman.

Elle lui tapote le torse, toujours fière de son fils.

— Je n'en ai jamais douté, mon bébé. Maintenant, laissez-moi admirer ma petite-fille.

— Maman, ce n'est pas encore officiel.

Elle lève les yeux au ciel en me prenant Lulu des bras.

— Je n'ai pas besoin d'un tribunal pour me dire qu'elle fait partie de ma famille.

Lulu s'esclaffe en attrapant encore et toujours les perles autour du cou de Betty, aussi attachée à cette dernière que depuis la première fois où elle s'est retrouvée dans ses bras.

— Quand aura lieu le mariage ? demande Daphné, pratiquement en train de trépigner d'impatience d'en savoir plus.

— Je ne sais pas.

Je regarde Lucio, parce que nous n'avons même pas

encore parlé de quand nous allions officiellement nous dire oui.

— Aussi vite que possible, répond-il aisément.

— Il faut que l'on réserve l'église immédiatement. Aucun de mes enfants ne se mariera à la mairie. C'est le père Michael qui doit vous marier.

— Je vous laisse gérer ça entre filles, dit Lucio en serrant la main d'Angelo dès que ce dernier arrive près de nous.

— Tu grandis enfin, le taquine Angelo. Tu as scellé l'affaire, comme je te le l'avais conseillé.

— Scellé l'affaire ? m'étonné-je.

Lucio se penche pour m'embrasser sur la joue.

— Pour m'assurer que je ne te laisserai jamais partir, ma chérie.

— Oh.

J'éclate de rire. C'est un peu dépassé, mais j'aime bien.

Angelo attrape Lucio par l'épaule et annonce à tout le monde :

— Mon frère va se marier. Tournée de bière offerte par la maison !

Les quelques habitués, des personnes que j'ai commencé à grandement apprécier, se mettent à nous acclamer et à nous féliciter pour notre mariage prochain ; même s'ils sont probablement plus excités par les boissons offertes.

— Il y a trop de choses à faire.

Daphné m'attrape par le bras et me conduit jusqu'à la table la plus proche.

— Les robes, la salle de réception, les invitations.

— On n'est pas obligés de faire les choses en grand. Je n'ai personne à inviter.

C'est un peu douloureux de sortir ces quelques mots, mais à part mon père et ma mère, il ne reste personne d'autre dans ma famille qui n'ait pas été écartée.

— Meuf, on a une famille immense.

— Immense comment ? demandé-je.

— Avec tous les cousins, on compte bien plus d'une centaine de personnes.

Je cligne des yeux, bouche bée, incapable de faire autre chose.

— Vraiment ?

— Les Italiens se pointent toujours aux mariages.

— Toujours ?

— Toujours. Je parie que ma mère va inviter tout le quartier, ensuite il y aura aussi les clients, puis toute la famille. Ça va être énorme.

Je me sens soudain nerveuse, en pensant à tous ces inconnus qui vont me dévisager quand je vais me diriger jusqu'à l'autel.

— On devrait peut-être juste faire quelque chose en petit comité. Faire ça ici, au bar.

J'aime bien mon idée ; elle est plus simple et plus intime.

— Ça va pas la tête ! On doit organiser une fête avant le mariage et on a plein de choses à préparer. Tu vas ressembler à une princesse pour ton grand jour.

Daphné me donne le tournis avec toutes les informations dont elle m'accable. J'étais tellement enthousiaste

270

à l'idée de nos fiançailles que je n'avais même pas pensé à toutes les choses qui allaient de pair avec elles.

— Je m'occupe de l'enterrement de vie de jeune fille, propose Michelle qui vient enfin s'asseoir avec nous.

— Je te laisse t'en occuper, tu as intérêt à ce que ce soit bien.

Je souris, ne sachant pas quoi faire d'autre.

Je suis tellement submergée par leur amour et leur agitation que je ne peux même plus parler. Je ne fais que jeter un regard tout autour du bar en m'attardant sur leurs visages heureux, et je me rends compte que j'ai trouvé ma maison pour toujours.

Michelle pose sa main sur la mienne tandis que je regarde Daphné s'éloigner.

— Tu vas bien ?

— Oui, je suis juste un peu dépassée par les événements.

— Les Gallo font les choses en grand, mais je te promets qu'on sera là pour t'aider. N'aie pas peur. Tu vas faire partie de quelque chose d'extraordinaire.

— Je sais, lui dis-je sans pouvoir refréner un sourire. Je n'ai jamais été aussi heureuse de ma vie.

— Daphné et moi, on planifie nos mariages depuis qu'on est gamines. On a trop hâte et on espère vraiment pouvoir t'aider.

— Bien sûr. Je veux que vous m'aidiez pour tout.

Je ne sais même pas par où commencer. Après avoir regardé le mariage de mes parents échouer de manière spectaculaire, je ne pensais pas accepter de faire le grand saut moi-même. Je n'ai pas eu les meilleurs exemples à suivre, et l'idée de commettre les mêmes erreurs qu'eux me terrifie.

———

— Est-ce que tu veux repousser le mariage ? demande Lucio qui se tient dans l'encadrement de la porte de ma chambre, en me regardant.

— Non. Pourquoi tu me demandes ça ?

Il traverse la chambre et vient s'asseoir à côté de moi sur le lit.

— On pourrait s'enfuir.

— Non, on ne peut pas faire ça.

Il attrape ma main et dépose un baiser sur mes doigts.

— Tu as l'air dépassée par les événements.

Je le fixe du regard et lui fais un sourire.

— C'est le cas, et en même temps, je n'ai jamais été aussi sûre de quoi que ce soit de toute ma vie.

— Qu'est-ce que je peux faire pour te faciliter les choses ?

Mon Dieu, comment fait-il pour être toujours aussi parfait ? Il est si patient, si compréhensif.

— Mes parents m'ont donné un exemple horrible et…

Je m'avance pour poser ma tête sur son épaule.

— Et si on finissait par gâcher toute cette histoire de mariage ?

Il se retourne sur le lit et attrape mon visage entre ses mains immenses.

— Écoute, ma chérie. Le mariage de mes parents a ressemblé à une farce la plupart de ma vie. Je sais que si on écoute ma mère, on pourrait croire qu'ils ont eu le genre d'amour qu'on ne voit que dans les films, mais ce n'est pas vrai. Je ne veux surtout pas être comme mon père. Jamais.

— Ses actions ne déterminent pas la personne que tu es, le rassuré-je en posant mes mains sur ses cuisses.

— Tout comme celles de tes parents ne te défi-nissent pas.

Il a raison.

Il glisse ses mains jusqu'à mes épaules en caressant mon cou avec ses pouces.

— Je te promets de t'aimer et de n'aimer que toi. J'ai toujours eu peur de m'engager avec quelqu'un, parce que je pensais que j'allais être comme mon père, mais maintenant je sais que je n'ai rien de lui.

— Et moi je n'ai rien du mien, dis-je.

— Même si mon père n'était pas le meilleur des partenaires, c'était un père génial.

— Aucun de mes parents n'était génial en quoi que ce soit.

— Mais tu es une mère formidable, réplique-t-il avec un sourire.

Je suis heureuse que quelqu'un l'ait remarqué.

— Merci, Lucio.

Il fronce les sourcils.

— Pour quoi ?

— Pour tout.

— Ma chérie.

Il m'attire sur ses genoux et m'enlace.

— Ne me remercie pas. C'est à moi de te remercier. Avant que tu débarques, ma vie était vide.

— Elle avait l'air bien remplie pourtant, gloussé-je.

Il baisse les yeux vers moi et secoue la tête.

— Je suis sérieux.

Son doigt rencontre la bague de fiançailles et la fait tourner.

— Je ne me suis jamais autorisé à me sentir proche de quelqu'un. Je n'ai jamais eu de vraie connexion. Et puis, cette jeune femme effrayée est arrivée, et tout à coup, plus rien d'autre n'importait que de les protéger, elle et son bébé.

— Donc en gros tu nous as prises en pitié ?

Je suis totalement en train de plaisanter. Enfin, plus ou moins.

— Je ne te demanderais pas de devenir ma femme par pitié. Je n'ai jamais aimé personne comme je t'aime.

Je me redresse et fais glisser mes bras le long de ses épaules.

— Je t'aime aussi et je ne veux pas repousser le mariage. Je veux t'épouser plus que tout.

Il resserre son étreinte et pose ses lèvres sur mon front.

— Dès que les papiers d'adoption seront prêts, on pourra se marier. Je vais demander à Sal quand ça devrait avoir lieu, et on pourra s'organiser en fonction de ça. Je ne veux pas perdre un jour de plus sans que tu sois à moi.

Je lève les yeux vers son magnifique regard.

— Je suis déjà à toi, idiot.

— Pour toujours, dit-il avant d'approcher sa tête et de me couper le souffle avec un baiser langoureux.

Je n'ai plus aucun doute. Plus aucune inquiétude. Tout disparaît lorsque sa bouche recouvre la mienne. Je sais où je dois être. Et avec qui. Plus rien d'autre n'a d'importance. Le passé appartient au passé, mais notre futur ne fait que commencer.

ÉPILOGUE

Lucio

TROIS MOIS PLUS TARD…

J'ai les mains moites et le cœur qui bat si fort que je suis sûr que toute l'église peut l'entendre tambouriner malgré la mélodie du piano. Quand les portes de l'église s'ouvrent et que Delilah s'avance au bras d'Angelo, mon cœur s'arrête pendant une seconde, avant de se remettre à battre encore plus vite qu'auparavant.

Elle est magnifique dans sa robe blanche, avec ses cheveux relevés qui lui dégagent les épaules et le voile en dentelle qui recouvre son visage. Je ne peux pas la lâcher du regard alors qu'elle avance vers l'autel, comme si elle flottait sur le sol en bois massif.

Quand elle s'approche et que je retire son voile, découvrant son visage épanoui bien que ruisselant de larmes, je suis envahi par une sensation de béatitude.

C'est comme si toute la pièce disparaissait, et qu'il ne restait plus que Delilah et moi.

Ses mains sont dans les miennes, et nous nous tenons debout devant l'autel en écoutant le prêtre. Toute l'église est remplie de notre famille et de nos amis, qui tamponnent leurs larmes pendant que nous récitons nos vœux.

Je n'ai pas lâché Delilah du regard à partir du moment où elle est entrée dans l'église. Comment le pourrais-je ? Elle est tout ce que j'ai toujours voulu sans le savoir. Je ne peux pas imaginer passer un autre jour sans elle ni Lulu dans ma vie. Mon cœur explose de joie et je ne sais même pas comment je parviens à rester debout.

Je me tourne vers Angelo au moment convenu pour lui prendre la bague des doigts. Il sourit, mais il a les larmes aux yeux lui aussi ; peut-être est-ce parce qu'il se souvient du jour où il a épousé Marissa. Je lui touche la main avant de me retourner, et il hoche la tête pour me faire signe de continuer.

L'alliance semble trop petite entre mes deux doigts, alors que je me tiens face à Delilah qui est sur le point de devenir ma femme.

Le prêtre se racle la gorge pour me rappeler ce que nous avons répété hier soir. Je glisse l'anneau au doigt de Delilah, et vois mon futur se matérialiser en la regardant dans les yeux.

— Répétez après moi, chuchote-t-il. « Delilah, reçois cet anneau, en gage de mon amour et de ma fidélité. Au nom du Père, du Fils et du Saint-Esprit. »

Je ne répète pas immédiatement après lui. Mes doigts tiennent l'anneau ainsi que la main de Delilah dont je contemple les yeux bleus étincelants.

— Delilah, reçois cet anneau, en gage de mon amour et de ma fidélité. Au nom du Père, du Fils et du Saint-Esprit.

Elle se mord la lèvre pour contenir les larmes qui, je le sais, sont sur le point de ruisseler de plus belle. Je sens mon propre nez me chatouiller, mais j'inspire profondément pour repousser les miennes.

Delilah se tourne vers Daphné et lui prend la bague. Elle sourit quand elle se retourne vers moi, et elle a l'air plus sûre d'elle et plus belle que jamais. Je jette un coup d'œil à ma mère, qui tient Lulu dans ses bras. Ma fille.

— Répétez après moi : « Lucio, reçois cet anneau, en gage de mon amour et de ma fidélité. Au nom du Père, du Fils et du Saint-Esprit », répète le prêtre tandis que Delilah me touche la main.

Elle ne me lâche pas des yeux alors qu'elle commence à glisser l'anneau à mon doigt.

— Lucio, reçois cet anneau, en gage de mon amour et de ma fidélité. Au nom du Père, du Fils et du Saint-Esprit.

Je serre ses mains dans les miennes en me demandant si elle est submergée par le même sentiment de paix que celui qui est en train de m'envahir en cet instant. Nous avons récité nos vœux devant Dieu ainsi que devant toute ma famille. Même si le prêtre ne l'a pas encore annoncé, nous sommes officiellement mari et femme.

Nous nous agenouillons en attendant la bénédiction silencieuse, main dans la main. Je ne peux pas arrêter de faire tourner la bague sur mon doigt, encore un peu sous le choc d'être désormais marié. Mais je ne crains pas le futur. Je n'ai plus peur de tout ruiner comme l'a fait mon père.

Je jette un coup d'œil discret à Delilah, qui a la tête basse mais me regarde elle aussi. La messe semble s'éterniser alors que tout ce dont j'ai envie, c'est de sortir d'ici avec ma femme pour pouvoir lui montrer à quel point je l'aime.

— Levez-vous s'il vous plaît, dit le prêtre en refermant la Bible qu'il tient dans ses mains, dès qu'il a fini la prière.

Il nous fait un signe de tête lorsqu'il est temps pour nous de nous tourner vers le public.

Je souris à Delilah, plus heureux que jamais quand nous nous retournons vers notre famille et nos amis qui se lèvent eux aussi.

— Voici monsieur et madame Lucio Giovanni Gallo. Vous pouvez embrasser la mariée.

Je sais que ma mère est en train de prier pour que je fasse en sorte que ça reste de bon goût. Et même si en théorie, je n'ai rien contre le fait de me soumettre à ses souhaits, la cérémonie a duré trop longtemps et je meurs d'envie d'offrir un vrai baiser à ma femme. Un dont elle se souviendra pour toujours. Un plus intense et meilleur que tous les précédents.

Quand Delilah se tourne vers moi, je pose ma main sur son cou, en caressant sa joue avec mon pouce, et passe mon autre bras autour d'elle. Elle me regarde, et en me penchant vers elle, je vois des larmes briller dans ses yeux. Elle retient son souffle, et je fais de même au moment où je l'attire vers moi pour que nos deux bouches ne fassent plus qu'une.

Les acclamations de la foule s'estompent, et mon esprit ainsi que mon corps bourdonnent d'excitation lorsqu'elle pose sa main sur mon cœur et me rend mon baiser. Je grave ce moment dans ma mémoire ; je ne veux jamais oublier ce que je suis en train de ressentir, en cet instant où nous appartenons enfin l'un à l'autre.

Quand je la relâche, je manque d'air et j'ai la tête qui tourne, mais je réalise que même si la cérémonie vient de se terminer, les bonnes choses ne font que commencer.

En avançant le long de l'allée de l'église, sous le regard de ma famille, je sais que le meilleur reste à venir.

— Pourquoi est-ce que Carmen et Colleen sont là ? chuchoté-je à l'oreille de Daphné tandis que nous nous tenons dans la haie d'honneur pour saluer les derniers invités.

— Delilah les a invitées, s'esclaffe Daphné avec un haussement d'épaules. Honnêtement, si nous n'avions pas invité toutes les femmes avec qui tu as couché, il n'y aurait pas grand monde à part ta famille aujourd'hui.

Il n'y a que ma femme qui aurait pu accepter que

l'on invite tout le quartier. Je l'ai entendue dire quelque chose à propos du fait qu'il fallait que toutes les femmes dans un rayon de trois kilomètres soient au courant que je n'étais plus célibataire. Je ne pensais pas qu'elle allait toutes les inviter au mariage. J'ai dû me contenter de secouer la tête en sachant que j'aurais probablement fait la même chose.

— Qu'est-ce qu'il y a ? demande Delilah tandis que les derniers invités descendent jusqu'à la salle de réception.

— Rien, ma chérie.

Je touche son visage en tentant de résister à l'envie de la tirer jusqu'au débarras pour consommer officiellement notre mariage.

— Je vais vous annoncer aux invités après le cortège nuptial, pendant que vous descendez les escaliers, et vous pourrez directement commencer votre première danse en tant qu'époux, nous dit le DJ si précipitamment que nous le comprenons à peine.

Heureusement, je suis allé à suffisamment de mariages pour connaître tout le baratin sans qu'on ait besoin de me le répéter.

— D'accord, fais-je sans lâcher Delilah.

Il se dirige vers la piste de danse, puis Delilah et moi jetons enfin un œil à la foule, qui a largement doublé de volume depuis l'église.

— Putain, mais qui sont toutes ces personnes ? s'étonne-t-elle, les yeux écarquillés.

— Ta famille, affirmé-je simplement.

— Je n'aurais jamais cru avoir une si grande famille un jour.

Elle serre ma main dans la sienne, et je vois que les larmes lui montent à nouveau.

— Ne pleurez pas, Madame Gallo.

J'adore la sonorité de son nom quand je le prononce. Je ne suis pas sûr de pouvoir m'empêcher de le répéter tous les jours, parce que je n'arrive toujours pas à le croire.

Le cortège nuptial, constitué d'Angelo, Daphné, Vinnie et Michelle, descend l'escalier en formant une ligne que nous devons longer d'un bout à l'autre. Pendant ce temps, le DJ passe le générique de *Rocky*, bien que je lui aie demandé de ne pas le faire.

Mais je ne peux pas m'énerver. C'est le jour de mon mariage, et je viens d'épouser la femme de mes rêves.

— Prête ? lui demandé-je en portant sa main à mes lèvres, que je dépose alors sur sa peau délicate.

— Oui.

Elle sourit et j'ai l'impression que mon monde est complet.

— Je n'ai jamais été aussi prête de toute ma vie.

Je lève ma main en même temps que la sienne en signe de célébration, alors que nous descendons lentement les escaliers pour qu'elle ne trébuche pas sur sa traîne ridiculement longue ou ses talons immenses. Tout le monde se tient debout dans la salle, et applaudit bruyamment, sûrement encore abasourdi que je me sois marié. J'ai encore du mal à le croire moi-même !

Comment ai-je pu être aussi chanceux, putain ? De tous les endroits où son père aurait pu l'abandonner, il a fallu que ce soit devant mon bar. S'il l'avait déposée n'importe où ailleurs, on ne se serait probablement jamais rencontrés. Je serais encore seul, et elle serait… J'écarte rapidement l'idée de mon esprit, car je ne veux pas penser à ce qui aurait pu arriver lorsque ce connard les a abandonnées.

Angelo me donne une claque sur l'épaule quand nous passons à côté de lui, et pour la première fois depuis longtemps, il a l'air heureux. Maman attend au bout de la file, juste avant la piste de danse, avec Lulu dans les bras.

Lulu nous regarde en souriant et tend les bras vers nous. Je la prends dans les miens et la serre fortement, en lui chuchotant à l'oreille :

— Ma fille chérie. Je t'aime tellement. Je t'aimerai toujours. Je te protégerai toujours. Tu es aussi ma fille, désormais. Et pour toujours.

Elle fait un petit bruit de pet avec ses lèvres, avant d'attraper mon oreille et de se mettre à rire. Elle a énormément grandi ces derniers mois, et chaque jour qui passe est comme un nouveau commencement. La regarder grandir et observer sa personnalité se construire sont des choses impossibles à raconter à un autre être humain qui n'en a pas fait l'expérience.

— Je pense qu'elle a besoin d'un petit frère, suggéré-je à Delilah alors qu'elle touche mon bras pour se pencher vers Lulu afin de lui donner un baiser.

— Tu t'emballes un peu, non ?

— Oh non. Je veux une maison pleine de tout-petits qui courent dans tous les sens.

Elle pâlit un peu et j'éclate de rire en embrassant Lulu sur la joue avant de la rendre à ma mère.

— Rien ne pourrait me rendre plus heureuse, affirme maman qui semble surexcitée à l'idée d'avoir encore plus de petits-enfants.

— Imagine comme ce sera amusant, dis-je à Delilah en la conduisant vers la piste de danse.

— Quoi donc ? D'avoir une maison pleine d'enfants ?

— De faire tous ces enfants, rectifié-je en la prenant dans mes bras alors que la musique commence.

Elle rit aux éclats en passant ses bras autour de mes épaules et en me prenant la main. Lorsque la voix de Luther commence à chanter, elle a le sourire jusqu'aux oreilles. Elle m'a laissé choisir la chanson, et il n'y a pas plus romantique que Luther Vandross et ses chansons d'amour.

Je l'enlace fermement en lui chantant les paroles de *Here and Now*. Chaque putain de mot dans cette chanson décrit parfaitement ce que je ressens pour Delilah.

Elle ne me quitte pas des yeux pendant que nous dansons autour de la salle. C'est comme si plus personne d'autre n'existait autour de nous. Il n'y a plus que nous deux, et nous virevoltons au son des paroles de Luther, ne faisant qu'un.

Mon cœur se met à battre encore plus fort quand je réalise soudainement. Delilah sera à moi pour toujours.

Alors que je lui fredonne des vœux d'amour fidèle et d'autres promesses pour le futur, je prends conscience en la regardant dans les yeux que je suis le plus gros veinard qui soit.

Avec Delilah et Lulu à mes côtés, tout est possible. Je pensais tout avoir avant qu'elles n'arrivent dans ma vie, mais je me rends compte qu'en réalité, je n'avais rien. J'étais une coquille vide sans but ni futur.

Mais maintenant, avec elles, j'ai tout ce que j'ai toujours voulu et bien plus encore.

Delilah pose son menton sur mon épaule et approche sa bouche de mon oreille pour me chuchoter :

— Je t'aime.

— Je t'aime aussi, ma chérie, murmuré-je avant de lui chanter les paroles au creux de l'oreille.

Je veux qu'elle entende les promesses, l'amour, et la façon dont je compte l'aimer pour toujours.

Elle caresse ma nuque de son pouce, effleurant la peau juste en dessous de mes cheveux. Alors que la chanson se termine, je commence à me reculer, mais elle me tire de nouveau vers elle.

— On n'a pas fini, me murmure-t-elle à l'oreille.

Luther se transforme en Céline, et Delilah me rend la pareille en chantonnant *Because You Loved Me* dans mon oreille. J'écoute chaque parole, en tenant fermement ma femme dans mes bras, et je ferme les yeux pour me délecter de ce moment.

Elle pense que c'est moi qui l'ai rendue plus forte, mais ce n'est pas le cas. Sa force était déjà présente en elle, et n'attendait que de se libérer. Elle m'a offert une fille, de l'amour et bien plus que tout ce que je ne pourrai jamais lui donner. Mais Dieu sait que je vais passer le reste de ma vie à essayer de lui montrer ce qu'elle représente pour moi et à quel point je suis reconnaissant qu'elle m'appartienne.

Alors qu'elle chante les dernières paroles et que nos corps arrêtent d'onduler au rythme de la musique, j'attrape son visage et l'embrasse. C'est un moment tendre, lent, et idéal.

Alors que nous nous retournons pour nous incliner face à la foule, c'est là que je le remarque. Il se tient debout dans le fond de la pièce, appuyé contre un mur en souriant et en applaudissant lentement. Mon père.

— Putain, murmuré-je.

Et je comprends que les emmerdes ne font que commencer.

Merci d'avoir lu *Manoeuvre*. J'espère que vous avez aimé les Gallo de Chicago ! La saga de la famille continue avec *Confluence*.

Qu'adviendra-t-il lorsque Daphné Gallo tombera amoureuse de l'ennemi ? La saga de la famille continue avec ***Confluence***.

Chelle est une écrivaine à temps plein éprise de légèreté, accro aux réseaux sociaux et au café. C'est une ancienne professeure d'histoire.

Vous trouverez plus d'informations sur les livres de Chelle sur menofinked.com.

Recevez ma newsletter en vous inscrivant sur
menofinked.com/french

Rejoignez mon Groupe de Lecteurs Privé sur Facebook :
facebook.com/groups/blisshangout

Vous souhaitez m'écrire quelques mots ?

facebook.com/authorchellebliss1

instagram.com/authorchellebliss

bookbub.com/authors/chelle-bliss

goodreads.com/chellebliss

tiktok.com/@chelleblissauthor

amazon.com/author/chellebliss

pinterest.com/chellebliss10

NOTES

3. DELILAH

1. Ndt : Your Body is a Wonderland : en français « Ton corps est un pays merveilleux ».

11. DELILAH

1. Ndt : Cocktail alcoolisé, en français : « sexe sur la plage ».
2. Ndt : Shooter à base de café, de whisky et de crème fouettée, en français : « fellation ».

15. DELILAH

1. Ndt : Long Island Iced Tea : Cocktail à base de tequila, gin, vodka, rhum, liqueur d'oranges et cola.

17. DELILAH

1. Ndt : Whisky Sour, Long Island Iced Tea et Screwdriver : Cocktails alcoolisés.